FLICKERING CANDLEFLAME

フリッカリング・キャンドルフレイム

「なんだお前。私のお母さんか？」

幽鬼

YUKI

ゲームに参加するのは
三度目の
初心者プレイヤー。

「馬鹿かお前」
白士
Hakushi
幽鬼と対峙し、
圧倒した伝説的プレイヤー。
FLICKERING
CANDLEFLAME
フリッカリング・キャンドルフレイム

TEACHER'S MELANCHOLY《ティーチャーズメランコリー》

「なに？
着替えをのぞきたいの……？」

幽鬼《YUKI》

初めての弟子入り志願者に
困惑中のベテランプレイヤー。

ティーチャーズメランコリー

TEACHER'S MELANCHOLY

玉藻

Tamamo

幽鬼に
弟子入りをするために現れた
初心者プレイヤー。

「できるだけ、
おそばにいさせてください」

「死なせたくないのなら、
そばに置いておかなくちゃだめよ」
鈴々《Rinrin》
全盲でありながら
ゲームを戦い抜いたことで知られる
元プレイヤー。
TEACHER'S MELANCHOLY《ティーチャーズメランコリー》

ROYALPALACE《ロワイヤルパレス》

「強いプレイヤーの絶対条件ってなんだと思う？」

幽鬼《Yuki》

62回目のゲーム
〈ロワイヤルパレス〉に
参戦したプレイヤー。

「普段は隠してるんだよ。
良くも悪くも
目立つ顔だから……」
玉藻
師匠・幽鬼の下で、
弟子として心身ともに
指南を受けたプレイヤー。
ロワイヤルパレス
ROYALPALACE

ROYALPALACE《ロワイヤルパレス》

戸狼
Shiro

かつて〈ハロウィンナイト〉で
幽鬼・玉藻と対峙した
プレイヤー。

「信用して
いただけましたかな？
私の実力」

死亡遊戯で飯を食う。5

鵜飼有志

MF文庫J

CONTENTS

口絵・本文イラスト●ねこめたる

距離感を間違えることは問題だ——人間関係でも、殺し合いでも。

0.フリッカリング・キャンドルフレイム

（0／6）

砂を含んだ風を浴びて、幽鬼《ユウキ》は目を覚ました。

（1／6）

木造の小屋だった。天井は腐っていて、壁はかびだらけ、床板はあちこち剥《は》がれているという、今にも崩壊しそうな小屋の中だった。窓がふたつ取り付けられていたが、いずれも壊れており、隙間風が大手を振って入り込める環境だった。風に乗って運ばれてきたのだろう砂が、床の上に散乱していた。

そうした小屋の中で、幽鬼《ユウキ》は目を覚ました。体を起こし、自分に目を向けたところ、かなり小っ恥ずかしい服装に身を包んでいることに気がついた。

カウガールの衣装だった。頭にかぶせられているのは、その象徴ともいうべきテンガロンハット。上半身のシャツは裾のほうが結ばれており、それゆえに丈が不足しお腹《なか》が露出している。極限まで短くカットされたデニム生地のボトムに、かかとに拍車のついたウエスタンブーツ。ベルトには、拳銃を収めたホルスターが取り付けられていた。

幽鬼《ユウキ》は拳銃を抜いてみた。リボルバーだった。少しいじってみるとシリンダーが外れた。六発まるまる入っている。弾はどうやらそれだけのようで、カウガール衣装のどこを探っても予備の弾薬はない。撃てるかどうか確かめたかったが、弾数が心許《こころもと》ないのと、音を立てるのは避けたいという理由のために見送った。

ぼろい扉を開けて、幽鬼《ユウキ》は外に出た。

衣装に似つかわしい、ウエスタンな街並みだった。茶色の建物に、茶色の地面。空もなんだか色がくすんでいる。人の姿はない。動くものは、西部劇につきものの、転がる枯れ草だけだった。

幽鬼《ユウキ》は両手を見た。十本揃った指をぱきぱきと鳴らしながら、歩き出した。


（2／6）


反町《そりまち》友樹《ゆうき》は、殺人ゲームのプレイヤーである。

命懸けのゲームをこなし、その賞金で生活している。そういうものがこの世界にあるらしいと知ったのは、つい先日のことだ。一回目は、体操服を着せられての殺人アスレチック。二回目は、アイドル衣装でほかのプレイヤーとステージからの蹴落とし合い。どちらも幽鬼《ユウキ》はうまくこなして、これが三回目のゲームだった。

ゲームのルールは毎回違うらしい。一回目のように、危険なステージが〈敵〉という場合もあれば、二回目のようにほかのプレイヤーが敵となる場合もある。

今回の場合は、後者のようだった。

幽鬼《ユウキ》の拳銃が火を吹いた。

その一瞬後、幽鬼《ユウキ》の前方にいた少女が血飛沫《ちしぶき》をあげた。〈防腐処理〉——全プレイヤーに施されているらしい人体改造によって、血液は白いもこもことした物質に変化した。だから、その血飛沫が幽鬼《ユウキ》の体を汚すことはなかったし、ウエスタンな街の景観を損ねることもなかった。胸の中央を撃ち抜かれた少女は倒れて、二度と起き上がってくることはなかった。絶命したのだ。

ほかのプレイヤーだった。幽鬼《ユウキ》と同じくカウガールの衣装だったが、趣が違った。幽鬼《ユウキ》のそれと比べると、露出が少なめで、きっちりとした印象のある服装だった。〈保安官〉ということだろう。

彼女が手に持っていた紙切れが、風にあおられた。

そのうちのひとつが幽鬼《ユウキ》のほうに飛んできたので、キャッチした。指名手配書だった。

幽鬼《ユウキ》の顔写真がでかでかと貼り付けてあって、その上部には〈WANTED〉、下部には〈DEAD OR ALIVE〉、およびその賞金額が書かれている。

どうやら、そういうルールのようだ。〈お尋ね者〉と〈保安官〉が、銃撃戦をするゲーム。幽鬼《ユウキ》をはじめとする〈お尋ね者〉は、生きてこの街を出ることができればゲームクリア。〈保安官〉は〈お尋ね者〉を捕まえて、一定額の賞金を稼いだらゲームクリア。

幽鬼《ユウキ》はゲームを進めた。ほかのプレイヤーと情報を共有したり、自分で観察したりして、幽鬼《ユウキ》はさらに事細かなルールを把握していく。このゲームのプレイヤー数は百人程度で、〈お尋ね者〉と〈保安官〉が八十対二十の割合。街の数カ所に〈保安官〉の集う詰所があり、捕らわれた〈お尋ね者〉はそこに連れていかれる。〈DEAD OR ALIVE〉のルールに従いその多くは死体なのだが、生きて運ばれた〈お尋ね者〉も、ゲームの終了後には殺害される手筈《てはず》らしい。手持ちの銃は両陣営ともに同じものだが、手持ちの弾丸を打ち尽くしたらそれまでの〈お尋ね者〉と違い、〈保安官〉は詰所で弾を補充できる。また、〈お尋ね者〉の賞金額は一定ではなく、時間が経《た》つごとに手配書が更新される。何人のプレイヤーを殺害したのか、どれだけ街の出口に接近しているかなどの情報に基づき、賞金額が変動するらしい。手強《てごわ》いプレイヤーほど捕まえればおいしいというわけだ。喜ぶべきか悲しむべきか、幽鬼《ユウキ》のそれは常に上がり続けたので、より多くの〈保安官〉を相手取ることになった。

日本どころか本州からも出たことのない幽鬼《ユウキ》に、銃を扱った経験はなかった。だが、一回目のゲームでも二回目でもそうだったように、幽鬼《ユウキ》はなんとなくうまくやった。次々に〈保安官〉を撃破し、街の出口に迫った。

しかし、そこで、幽鬼《ユウキ》は歩みを止めた。

否、止めさせられたのだ。幽鬼《ユウキ》は前方を睨《にら》んだ。遠くに見えるのは、〈ＨＯＲＭＯＮＥ　ＴＯＷＮ〉――このゲームの名前でもある〈ホルモンタウン〉の名が記されたアーチ。その先には荒野だけがあった。おそらく、あれが街の出口だろう。そこに至る道のりにはぼろの建物が並んでいるだけであり、見た目には、誰の姿もない。

だが、幽鬼《ユウキ》にはわかった。そこかしこに、無数の気配が潜んでいる。建物の陰に隠れて、出口付近で待ち伏せをしている〈保安官〉の連中が、多数いる。

「……めんどくせ」

幽鬼《ユウキ》はテンガロンハットを被り直し、建物のひとつに侵入した。


（3／6）

案の定、〈保安官〉が中に待機していた。幽鬼《ユウキ》はためらわず銃を向け、殺害し、弾を奪って次の建物に侵入した。そこにいた〈保安官〉も殺害した。また次の建物にいた〈保安官〉も殺害した。その繰り返しだった。

当然、〈保安官〉も反撃を試みはするのだが、彼女らの弾丸が幽鬼《ユウキ》に当たることは一発たりともなかった。トリガーの引かれる瞬間をなんとなく察知して、幽鬼《ユウキ》は弾をかわすことができた。どうやら自分は、このゲームに向いているらしい――。一回目および二回目のゲームと同様の感想を抱きながら、ただひとつの傷すら負うことなく、幽鬼《ユウキ》は最後の建物に至った。

裏口の扉を開けた先に、最後の〈保安官〉がいた。

ウェーブのかかった白髪と、すらりとした体型を持つプレイヤーだった。

これまでと同じく、白髪のプレイヤーに幽鬼《ユウキ》は銃を向けた。

これまでのケースでは、こうなった場合の相手の反応はふたつのうちどちらかだ。ひとつは、拳銃を抜こうとするものの、先んじて幽鬼《ユウキ》に頭を撃ち抜かれて死亡する。ふたつめは、慌てて回避行動に移る。その場合、弾をかわせるときとかわせないときのふたつに分岐するが、仮にかわせたときでも、幽鬼《ユウキ》がもう一度か二度、拳銃のトリガーを引けば冥府に送ってやることができた。

しかし、このとき、白髪のプレイヤーは第三の選択をした。

幽鬼《ユウキ》よりも先に銃を抜き、それをぶっ放したのだ。

「……っ！」

幽鬼《ユウキ》は慌てて回避行動を取った。

たった今自分が開けた扉の裏に隠れ、銃弾をかわした。

幽鬼《ユウキ》は扉を閉めた。建物の外壁に沿って、移動を開始した。あそこから入り直すのは下策だ。表玄関か、あるいは窓のところまで回ってから、やつを狙わなくてはならない。そう幽鬼《ユウキ》は考えた。

その作戦は見当違いもはなはだしかった。

木造の壁を突き抜けてきた弾丸が、幽鬼《ユウキ》の足を貫いた。

前方にすっ転んで胸をしたたかに打ったので、息が詰まり、皮肉にも悲鳴をあげずに済んだ。裏口の扉に幽鬼《ユウキ》は目を向けた。ちょうどその扉が開いて、白髪のプレイヤーが出てくるところだった。

ぶざまに地面に転がっている幽鬼《ユウキ》の姿を目に映して、

「馬鹿かお前」

とそいつは言った。

「こんなぼろの壁で、弾を防げるわけなかろう」

おっしゃる通りだった。遮蔽物があればガードできるものと、なんとなく考えてしまっていた。テレビゲームなんかじゃそうだからだ。同じゲームでも勝手が違うのだと幽鬼《ユウキ》は思い知る。

白髪のプレイヤーに幽鬼《ユウキ》は銃を向けた。今度は幽鬼《ユウキ》のほうが早かった。撃鉄で尻を叩《たた》かれた弾丸が、顔面目掛けて飛んでいった――

――のだが、そいつは頭を横にずらしてそれを回避した。

「頭を狙うな」

白髪のプレイヤーはまたも言う。

「少し動けばかわせる。それでは雑魚にしか当たらん」

幽鬼《ユウキ》は目をひん剥《む》いた。私と同じ、銃弾をかわせるスキルの所有者。この女は一体何者だ？

その疑問について検討する時間は与えられなかった。白髪のプレイヤーが握る拳銃が、連続で弾丸を放った。すべて幽鬼《ユウキ》に命中した。もう片方の足に一発。胴体に二発。左手と左肩に一発ずつだった。左手に持っていた拳銃が弾《はじ》かれ、はるか向こうに行った。自分で言った通り、白髪のプレイヤーは頭を狙わなかったので、幽鬼《ユウキ》は致命傷を負わなかったが、抵抗する気力は一滴残らず奪われた。

動けなくなった幽鬼《ユウキ》に、白髪のプレイヤーが近づいてきた。

最初の一発と合わせて、六発をすでに発射している。六発装塡《そうてん》のリボルバーは弾切れだった。相手は〈保安官〉なのだから予備の弾丸を持っているはずだが、やつはリロードの作業をしなかった。代わりに、ホルスターから別の拳銃を取り出してきた。当然撃ってくるものと幽鬼《ユウキ》は予想したのだが、白髪のプレイヤーはそれを逆手に持った。その絵面を幽《ユウ》鬼《キ》は映画で見たことがあった。グリップで人を殴り、昏倒《こんとう》させるやつだ。

白髪のプレイヤーが、ウエスタンブーツで幽鬼《ユウキ》を踏んだ。これから人を殴ろうとしているとは思えないほど、冷たい目で幽鬼《ユウキ》を見下ろした。

「何者だ、てめえ……」

半分うめき声で、幽鬼《ユウキ》は言う。

拳銃を振り下ろしながら、白髪のプレイヤーは短く答えた。

「白士《ハクシ》だ」

幽鬼《ユウキ》の意識は闇に沈んだ。

（4／6）

激しく揺さぶられて、幽鬼《ユウキ》は目を覚ました。

馬車の荷台だ、とすぐにわかった。木製の床と、アーチ状に張られた布。前方に見えるのは、御者と、それに手綱を握られた馬が二頭。小学生用の辞書よりも語彙の乏しい幽鬼《ユウキ》の脳内に、それに該当する単語はひとつしかなかった。馬車だ。

乗っているのは幽鬼《ユウキ》だけではなかった。ほかにも、十数人いる。服装からするに、全員が〈保安官〉だった。その中にはさっきの白髪のプレイヤーもいた。

「あ――」

幽鬼《ユウキ》が声を出したのと同時に、向こうも幽鬼《ユウキ》に目を向けてきた。

「起きたか」と白髪のプレイヤーは言ってきた。

「……どこだ、ここは」

「見ての通り、馬車の中だ」

幽鬼《ユウキ》は馬車の後方に目を向けた。プレイヤーたちがさっきまで戦っていた街――〈ホルモンタウン〉の名前が書かれたアーチが、遠くに離れていくのが見えた。

自分は街を出た。ゲームは終わった。生き残ったのだと、幽鬼《ユウキ》は理解する。

――〈保安官〉に捕まったのにもかかわらず。

「なんで」幽鬼《ユウキ》は言った。

「運がいいな。お前は生き残りだよ」

白髪のプレイヤー――確か白士《ハクシ》と言ったか――が答える。

「お前がさんざん暴れたせいで、賞金を必要とする〈保安官〉がいなくなったからな。殺す必要はなくなった」

周囲のプレイヤー――〈保安官〉たちから向けられている視線に、幽鬼《ユウキ》は気づいた。ゲーム中のこととはいえ、かつては敵だった相手に向けるその視線は、優しくなかった。

「殺さないのか」幽鬼《ユウキ》は言う。

「必要がないと言ったろう。それとも殺してほしかったのか？」

幽鬼《ユウキ》は答えなかった。回答しないということが、むしろ雄弁に幽鬼《ユウキ》の心を表していた。バンジージャンプで飛ぶタイミングを見失ったときのような、もどかしい気持ちが胸を満たしていた。

そんな幽鬼《ユウキ》の心境を知ってか知らずか、

「お前、名前は？」

と白士《ハクシ》が聞いてくる。

「あ？」

「聞こえなかったか？　名前を教えろ」

「……反町《そりまち》友樹《ゆうき》」

「プレイヤーネームは？」

「幽鬼《ユウキ》だ」

「名前と言われて本名のほうを名乗ったということは、初心者だな。何回目だ？」

「三回目だ。それがどうした？」

「今現在、誰かから指導を受けているか？」

幽鬼《ユウキ》の返事は遅れた。突拍子もなく現れた〈しどう〉の三文字を、脳内で意味解釈するのに時間がかかったからだ。

「なんだそりゃ。指導？」と幽鬼《ユウキ》は聞き返す。

「そうだ。この世界では、広く行われていることだ」

「命懸けのゲームで？」

「命が懸かっているからこそだ。独学で攻略するには、ゲームの世界は厳しすぎる」

白士《ハクシ》は改めて、幽鬼《ユウキ》に視線をぶつけた。「それで。誰かから指導を受けてるのか？」

「受けてるわけあるか」

「そうか。なら、私の弟子にしてやろう」

ざわめきが起こった。白士《ハクシ》の宣言がよっぽど衝撃的だったのだろう、馬車に乗っていた〈保安官〉たちは皆一様に驚いていた。しかし、いちばん面食らっているのは自分であると、幽鬼《ユウキ》は自信をもっていえた。

「お前にはそれが必要だ」と白士《ハクシ》。「お前にはセンスがある。だが、剥《む》き出しの才能では長くは保《も》たない。知識と技術を身につけることが必要だ」

「勝手に決めんな」

驚きの冷めやらぬ中、幽鬼《ユウキ》はなんとか言葉を返した。

「なんだお前。私のお母さんか？」

「そういう態度では、長生きはできないな」

「いらないんだよ、そんなの。余計なお節介だ」

「今さっき、死にそうになったばかりだというのにか？　運がなければお前は死んでた」

「どうでもいい。長生きしたけりゃ、こんなところには来ない」

白士《ハクシ》は間を取った。言葉を選んでいる様子だった。やつが次に放つ言葉を、幽鬼《ユウキ》はなんとなく予想することができた。この手の人間がこういう局面で放つ言葉は、相場が決まっている。

「昔の私も、いつ死んでもいいと思っていた」

案の定の台詞《せりふ》を白士《ハクシ》は吐いた。

予想していたことではあったが、幽鬼《ユウキ》の頭が熱くなった。

「だから？」と幽鬼《ユウキ》は答える。

「今はそう思わない。いつの日か、お前にもそういう日が来るかもしれない。だから、長生きできるように技術を身につけておけ」

「へえ。そう。私の姿が昔の自分とだぶるから、声をかけてあげてるってわけだ」

幽鬼《ユウキ》は早口になって言った。

「礼儀を教えてやるよ。人と会話するときにはね、ちゃんと相手を見て話をするんだ。その前方にかつての自分のまぼろしを見て、そのフィルターを通して会話するなんてことはしちゃいけない。気持ち悪いんですよね、そういうの」

白士《ハクシ》は黙った。言葉を選んでいるのではなく、単純に沈黙しているようだった。

「それはそうだな」と、彼女は言った。

「では、お前の自由意志に任せよう。もしもお前が、私の弟子になりたいというのなら――さらなるレベルアップを望むというのなら――今とは違う気分になりたいと願うのなら」

テンガロンハットの一部を切り取って作ったメモを、白士《ハクシ》は幽鬼《ユウキ》に渡してきた。

「いつでも構わん。その住所に来るがいい」

（5／6）

結局。

その勧誘に乗って、幽鬼《ユウキ》は白士《ハクシ》に弟子入りした。

理由は、自分でもうまく説明できない。白士《ハクシ》の誘い文句を魅力的に感じたのか、単なる気まぐれなのか、もう一度会ってその面引《ひ》っ叩《ぱた》いてやろうと思っていたのか、それとも本心では、死ぬのが怖いと思っていたのか。ともあれ、その出会いは幽鬼《ユウキ》の運命を大きく変えた。プレイヤーとしての道を歩ませ、九十九連勝の野望を継承させるにまで至った。

それから長い時間が経《た》った。

今では、幽鬼《ユウキ》が教える側。

（6／6）

プレイヤーの師弟制度について

プレイヤーの世界には、無数の師弟関係がある。失敗が死を意味するこの世界においてトライアンドエラーを試みることは無謀であり、生き残りの秘訣を先人に学びたいという意欲が高いためだ。三十回を超えたあたりから弟子を取り始めるケースが多く、また、師匠を取らずに〈三十の壁〉を越えることは、ほぼ不可能とされる。

教わる側の動機が生存戦略ほぼ一種類のみであるのに対し、教える側の動機は多種多様である。他者に恩を売っておき、いつかのゲームで同席した際こちらの有利に動いてもらうため。見返りに金銭をもらい、ゲームに参加することなく稼ぐため。過酷なゲームの世界に温かな人間関係を欲しているため。単に自己満足のため。幽鬼のケースでは、自分の決めたルール——約束に従った、ということになろう。

いつから存在しているのかもわからないゲームの世界であり、ゆえに蓄積された知見も広く深いものであるが、人から人へと伝えられるものである以上、そこには個人差があり、流派がある。幽鬼の場合、白士から受け継いだのは〈生存〉を史上目的とする戦略。主に脱出型の攻略を重視し、戦闘に関しては護身術程度に触れるのみである。が、実力行使を好む幽鬼の生来の気質がミックスされて、元々の戦略とは少し違う形になっている。

師匠にいちばん必要な心構えは、
教え子との別れを覚悟しておくことである。

1.ティーチャーズメランコリー（47.5回目）

（0／28）

夕方。

いつものボロアパートで、幽鬼《ユウキ》は目覚めた。

（1／28）

窓から差す西日が、部屋を赤く照らしていた。

六畳一間のアパートだった。家具といえるものは幽鬼《ユウキ》が寝ている布団と、冷蔵庫と、机ぐらいのもの。掃除の手は行き届いていたが、床なり壁なりがそもそも劣化しているので、みすぼらしい印象は否めなかった。起床するたび、こんなところに自分は住んでいるのかと愕然《がくぜん》とした気持ちにさせられる、いつものボロアパートだった。

いや——いつもと違うところが、ひとつだけあった。

幽鬼《ユウキ》は隣を見た。

同じ布団の中で、幽鬼《ユウキ》よりやや年下の少女が寝ていた。傾国の美女のような、妖艶な魅力を全身から放っている娘——なのだが、今はすやすやと眠っているのでそんなこともなかった。後頭部でふたつ、髪を団子にくくっているのがトレードマークなのだが、やはり寝ているので、現在は髪をほどいていた。

彼女の名前は玉藻《タマモ》。

認めたくはないが、幽鬼《ユウキ》の弟子だった。


（2／28）


先日まで、おびただしい数の問題を幽鬼《ユウキ》は抱えていた。

参加者の大半が一人のプレイヤーによって殺害された、波乱のゲーム。幽鬼《ユウキ》の右目に迫りつつあることが判明した、視力の喪失。学校でたびたび感じるクラスメイトからの視線。これほどの問題が連続して発生したのは、かの〈三十の壁〉以来であり、それらの解決のため、幽鬼《ユウキ》はあくせく動き回らなければならなかった。

一番目の問題はなんとか解決した。二番目の問題にも、対処の目処《めど》は立った。そろそろ三番目に手をつけるか——と幽鬼《ユウキ》が考えたところで、予想もしない四番目の問題が発生したのだった。

ある夜、幽鬼《ユウキ》が学校から帰ると、アパートの前に少女が立っていた。

美しい少女だった。〈かわいい〉〈愛らしい〉というより、〈綺麗《きれい》〉〈美人〉という言葉がよく似合う。あまりにも美しすぎて、見る者に警戒心を抱かせる雰囲気があった。例えるなら、王様を骨抜きにして国の財政を無茶苦茶《むちゃくちゃ》にしてしまう傾国の美女、男たちを自分のテリトリーに連れ込んで頭から食べてしまう妖怪変化、芸能界と二足のわらじを履いているためあまり学校に来ず、クラスから浮いているタレントの女の子のような雰囲気だった。

その特殊な気配から、プレイヤーであるとすぐにわかった。しかし、幽鬼《ユウキ》は、少女に見覚えがなかった。これまで出会ったプレイヤー全員を記憶しているわけではなかったが、これほど目立つ容姿ならまず忘れないと思う。少女の正体に心当たりがないまま、幽鬼《ユウキ》はアパートの前で突っ立っていた。

先に動いたのは、その少女のほうだった。

細い足で、とてとてと幽鬼《ユウキ》に寄ってきた。その容姿にふさわしい美しい声で「こんばんは」と言って、頭を下げた。後頭部でふたつ、髪を団子にくっているのが見えた。

「……どうも」幽鬼《ユウキ》も会釈をした。

その少女は頭を上げて、幽鬼《ユウキ》の手を握った。「やっとつかまえましたよ」と言った。

「さあっ、これでレッスン2をしてくださいますね？」

「へ？」

まっすぐに幽鬼《ユウキ》を見つめる少女。

それを見つめ返して、ひとつの仮説を得た。「嘘《うそ》でしょ……？」と幽鬼《ユウキ》は言う。

「あの、確認していい？」

「はい」

「もしかして、〈ハロウィンナイト〉に参加してた……玉藻《タマモ》？」

少女はにこにこと微笑《ほほえ》んだ。その笑みが答えを示していた。

玉藻《タマモ》。幽鬼《ユウキ》の四十五回目のゲーム――〈ハロウィンナイト〉で出会ったプレイヤー。あのときは、通行人すべてが振り向くような綺麗さは微塵《みじん》も持ち合わせていない、まるまると太った少女だった。団子にくくった髪型と〈レッスン2〉の単語がなければ、同一人物と気づくことは不可能だっただろう。

ゲーム中に彼女と関わった時間は多くなかった。ほかのプレイヤーに襲われていたところを、幽鬼《ユウキ》が助けたというだけの関係だ。しかし、その助けぶりがあまりにも格好よく見えたのか、弟子にしてほしいと玉藻《タマモ》は懇願してきたのだった。

当時はいろいろと心配事を抱えていた幽鬼《ユウキ》だったので、弟子を取る余裕はなかった。当然断ったのだが、玉藻《タマモ》はしつこく食い下がってきた。しょうがないので体面上は弟子にしてやると言い、レッスン1――〈走り込み〉を開始した。その太った体型が改善するぐらいに走り込んで、幽鬼《ユウキ》をつかまえることができたら合格。そのような言い訳をつけて、体よく玉藻《タマモ》から逃げてきたのだった。

しかし、現在、玉藻《タマモ》は幽鬼《ユウキ》の目の前にいた。

見違えるほどにスリムアップし、幽鬼《ユウキ》をつかまえた。

約束通り、レッスン2をしなければならなかった。

（3／28）

とりあえず幽鬼《ユウキ》は、玉藻《タマモ》を連れてアパートに入った。自分の部屋である一〇七号室に着いた。学校帰りゆえ、身にまとっていたセーラー服のリボンを引っ張りつつ、玉藻《タマモ》を見た。

「着替えてくるから、ここで待ってて」

そう告げて一〇七号室の扉を開けた。ローファーを脱いで、玄関に上がった。部屋の中を数歩進んで、部屋に備え付けられているクローゼットを開けた。セーラー服の襟に手をかけ、それを脱ごうとした――

――ところで、背後に気配を感じた。

幽鬼《ユウキ》は振り向いた。

玉藻《タマモ》が、すぐ後ろにいた。

「…………」

幽鬼《ユウキ》は玄関を見た。自分のものではない履き物があった。続けて、部屋の中に位置する玉藻《タマモ》の両足に目を向け、そして最後に、部屋に侵入しているのにもかかわらず、何事もないかのように微笑《ほほえ》んでいる玉藻《タマモ》の顔を見た。

「……部屋の外で待ってて、って言ったつもりなんだけど」

「はい」玉藻《タマモ》は答える。

「なに？　着替えをのぞきたいの……？」

「のぞいてもよろしいのですか？」

「いいわけないだろ」

なぜかわからないが、ちょっときらきらしていた玉藻《タマモ》の目を見ながら、幽鬼《ユウキ》は言う。

「玄関で待っているのはいやです」玉藻《タマモ》は言った。「できるだけ、おそばにいさせてください」

「……わかったよ」

幽鬼《ユウキ》は折れた。玉藻《タマモ》に見られないよう、自分ごとクローゼットの中に入って、扉を閉めた。ハンガーにかかっていたジャージを手に取り、暗闇の中で着替えを始めた。

着替えつつ、幽鬼《ユウキ》はいろいろ考える。弟子にするつもりはまったくなかったとはいえ、約束した以上、そうしないわけにはいかない。どうしようか。完全におさらばしたものと思っていたので、指導内容などちっとも考えていなかったし、弟子を取るのも初めてゆえどうしていいか見当もつかない。自分のときはどうだっただろう。我が師匠――白士《ハクシ》から受けた最初の指導はなんだったか。ずっと前のことなので、いまいち記憶が曖昧だった。ここはひとつ、師匠に、弟子の育て方を聞くべきかもしれない。あの人の手を借りることはしたくなかったが、自分ではなく弟子のためとなれば話が別だ。今晩にでも連絡しようと幽鬼《ユウキ》が結論を出したところで、着替えは終わった。幽鬼《ユウキ》はクローゼットを出た。

すると――水を使う音が聞こえてきた。

「なっ……!?」

音の発生源は、台所。玉藻《タマモ》が洗い物をしていた。「な、な、なにやってるの」と、彼女に駆け寄りながら幽鬼《ユウキ》は聞いた。

「あ、幽鬼《ユウキ》さん」

スポンジで皿をこすりながら、玉藻《タマモ》が返事をする。

「洗い物が溜《た》まっていたようでしたので、処理していたのですが……ご迷惑でしたか？」

「いや……別に……迷惑じゃないけど」

幽鬼《ユウキ》は台所を見た。ひどく汚れていた。食器類のことごとくが使用済みの状態で放置されているのは当然として、コンビニ弁当やカップ麺の容器、割り箸やプラスチックのスプーンなども転がっていた。水ですすいだあと、そのまま放置したためだ。最後に洗い物をしたのはいつのことだったか。記憶を探っても、思い出せなかった。とはいえ、これでも最近は綺麗《きれい》にしているほうである。全盛期——〈キャンドルウッズ〉以前における我が家の台所は、洗い物をすることさえ不可能な状態だったからだ。

もちろん、好きで汚くしているわけではない。洗い物をしてもらえるのはありがたいことだったが、しかし、幽鬼《ユウキ》は恥ずかしさを覚えていた。着替えをのぞかれることより、これはよっぽど恥ずかしい。ふしだらな生活ぶりの象徴だからだろう。

「……ちなみに、台所以外は見た？」幽鬼《ユウキ》は聞く。

「台所以外、とおっしゃいますと……」

「お風呂とか、トイレとか……」

「いえ、見てはいませんけど……同じような状態なのですか？」

「まさか。そんなことはないよ」幽鬼《ユウキ》は一笑した。「でも、私の許可なく入らないでね。ちょっとその……プルトニウムとかが置いてあって、危険だから」

（4／28）

ジャージに着替えた幽鬼《ユウキ》は、外に出た。

夜の散歩に出かけることにした。ここ一年以上、幽鬼《ユウキ》の日課だった。誰もいない深夜、冷え切った街道を歩くことは、幽鬼《ユウキ》の心をたいそう落ち着かせてくれた。命懸けの世界で暮らしている幽鬼《ユウキ》にとって、それは、精神を正常に保つために欠かせない時間だった。

しかし、今晩、幽鬼《ユウキ》は落ち着いた時間を過ごすことはできなかった。

幽鬼《ユウキ》は、半眼で横を見た。

さっきまでと同様、にこにこと微笑《ほほえ》む玉藻《タマモ》の姿があった。

彼女は、幽鬼《ユウキ》の横を歩いていた。幽鬼《ユウキ》の視界の端にぎりぎり映るぐらいの、絶妙な位置につけている。その姿がちらついているのと、彼女の視線を常に感じることとの相乗効果で、幽鬼《ユウキ》は全然落ち着くことができないのだった。

「あー、その……」幽鬼《ユウキ》は言う。「玉藻《タマモ》さん、だったね」

「はい」弾むような声で玉藻《タマモ》は答えた。

「見たところ、未成年だよね。こんな夜中に出歩いても大丈夫なの？　ご家族の方とか、心配しないのかな」

「大丈夫です。心配する人は、おりませんから」

穏やかではあったが、含みのある口調でもあった。有無を言わせない気配があった。

まあ、詳しい事情は聞くまい、と幽鬼《ユウキ》は思う。自分だって似たようなものだからだ。

「……弟子入りするのはいいんだけどさ」幽鬼《ユウキ》は頭をかいた。「悪いね。正直、なにから教えたらいいか見当もつかない。今晩玉藻《タマモ》が来るなんて思ってなかったからさ、なんも考えてなかったんだよ。レッスン2以降のプランをまとめたいから、稽古をつけるのは明日から……ってことでもいいかな」

「わかりました」

「そういうことだから、今日のところは一旦、帰ってもらって……」

「いえ。今日のところは、ひとまず、おそばにいさせてください」

玉藻《タマモ》はにこにことして言った。にこにことしてはいたが、有無を言わさぬ気配があった。

「…………」

幽鬼《ユウキ》は黙った。

黙って、夜道を歩いた。その歩みの横に、玉藻《タマモ》は同じ速度でついてくる。

ちょっと早足になって幽鬼《ユウキ》は歩いてみた。まったく同じ速度で、玉藻《タマモ》もついてきた。逆にやや速度を落としてみたところ、やはり玉藻《タマモ》も即座に速度調整をした。付かず離れず、一定の距離を正確にキープしていた。

ついてくるにしてもやけに神経質だな、と幽鬼《ユウキ》は思う。幽鬼《ユウキ》の部屋に無断侵入してきたときもそうだが、ほんの少し離れることですらも、彼女は嫌がっている様子だ。いつかのレッスン1――玉藻《タマモ》を置いて逃げたことが、尾を引いているのだろうか。

だとしたら申し訳ないなあ、と幽鬼《ユウキ》は思うのだが、しかし、それでも、他人につきまわれるのは好ましい体験ではなかった。パーソナルスペースに他人を置き続けるのも、他人の目に四六時中さらされるのも、好きではない。玉藻《タマモ》を弟子にするのは受け入れるが、必要がないときには一人でいたいと願う幽鬼《ユウキ》だった。

「……毎日、この時間に走り込みをしてるんだ」

なので、そう言った。

「決められたコースを、ぱーっと一周走ってる。プレイヤーには体力も必要だからね。それを養うためのルーティンだ」

真っ赤な嘘《うそ》だった。走り込みをすることもないではないが、いつもは、近所を適当に散歩するだけである。決められたコースなどむろん存在しない。

しかし、玉藻《タマモ》は信じたようだ。「なるほど。さすがです」と、尊敬を込めた声で言った。

「付き合わせて悪いけど、ついてきてね」

「はい」

「それじゃ――スタート！」

言うと同時に、幽鬼《ユウキ》は走り出した。

わざと不意をつくようなタイミングでスタートの合図をしたので、玉藻《タマモ》は出遅れた。構わず幽鬼《ユウキ》は速度を上げ、たちまちトップスピードに乗った。人間が無酸素運動を維持できるわずかな時間のうちに、幽鬼《ユウキ》は曲がり角を折れ、玉藻《タマモ》から姿を隠した。

カーブの際に落とした速度を幽鬼《ユウキ》はそのまま維持した。長く走るのにベストな速度だった。深夜の冷えた空気を体内に取り入れつつ、幽鬼《ユウキ》は走った。あたかも幽霊のごとく無音で夜道を駆け抜け、塀と塀の隙間に身をよじらせて民家を横切り、二十メートルはあろうかという坂道を休憩なしに登った。手すりに尻を乗せて階段を滑り落り、施錠されているフェンスをよじ登って奥に侵入し、ごうごう流れる川の上を飛び石渡りで横断した。もはや走り込みとはいえない、玉藻《タマモ》に追わせる気のまったくない道筋を経《へ》て――

そして、コンビニの前に着いた。

ぜい、ぜい、と息をしながら、自分の心臓の鼓動を幽鬼《ユウキ》は聞いた。

ジャージの袖で顔の汗をぬぐいながら、コンビニに目を向けた。幽鬼《ユウキ》が普段使いしている、おなじみのコンビニだ。今回はちょっとややこしい道順を通ったので疲れているが

——適切なルートを選べば、幽鬼《ユウキ》の家から徒歩五分で楽々行くことのできる、いつものコンビニだった。

幽鬼《ユウキ》は辺りを見渡した。コンビニの明かりが照らし出す周囲に、玉藻《タマモ》の姿はない。

「……撒《ま》いたか……」

幽鬼《ユウキ》はひとりごちた。乳酸の溜《た》まった足を動かして、コンビニに入った。

すると——自分のものではない足音がした。

「……!?」

びっくりして、振り返った。

いつの間にやら、玉藻《タマモ》が背後にいた。

「ああ……。お久しぶりです、幽鬼《ユウキ》さん」玉藻《タマモ》は言う。「毎日、ここまでハードなトレーニングをこなしているのですね。おみそれしました」

玉藻《タマモ》のほおは赤らんでいた。息も絶え絶えだった。幽鬼《ユウキ》と同じぐらいには、疲れている様子だった。

しかし——追いつかれた。

一度ならず二度までも、彼女から逃げ切ることに、幽鬼《ユウキ》は失敗してしまった。

それから、しばらく、二人は息を整えるために時間を使った。先に口を開いたのは、幽《ユウ》鬼《キ》のほうだった。「……そうでしょう？」

「私の弟子になったら、毎日このぐらいきついよ。どう、嫌になったでしょ？」

「いいえ。全然」

（5／28）

コンビニで新製品のアイスを買って——玉藻《タマモ》にもひとつ奢《おご》ってあげて——幽鬼《ユウキ》は店を出た。

それからも、玉藻《タマモ》はしっかりつきまとってきた。

コンビニから自宅に直帰するのが普段の段取りだったが、今晩幽鬼《ユウキ》はそうしなかった。また勝手に家の掃除をされてはかなわないからだ。漫画喫茶に入り浸ったり、二十四時間営業チェーン飲食店の一番安いメニューで粘ったり、単に夜道をふらふらするなどして、時間を潰した。玉藻《タマモ》の隙を見ておさらばする——ということも何度か試みたが、すべて失敗に終わった。

そうこうしているうちに、空が白んできた。

幽鬼《ユウキ》の頭にも、まどろみが生まれてきた。大人しく帰ることにした。早朝開店の銭湯で汗を流して、幽鬼《ユウキ》はアパートに向かった。犬の散歩をさせているご老人、部活の朝練が控えているのだろう学生、眠そうな目をこすっているサラリーマンなどなど、通行人をちらほら見かけた。普通の人にとってはこれからが始まりだが、夜型人間の幽鬼《ユウキ》にとっては、もうすぐ一日の終わりだった。

「今日、どこで寝るつもりなの？」

隣を歩いている玉藻《タマモ》に、幽鬼《ユウキ》は聞いた。

「え。……その……できれば……」

もじもじとしながら玉藻《タマモ》は答えた。泊めてくれ、と言うのには、さすがに抵抗があるらしい。

「まあ、泊まっていきなよ」と幽鬼《ユウキ》は言ってやる。「この辺、ホテルなんかないしね……」

二人は部屋に戻った。幽鬼《ユウキ》は、クローゼットから布団を引っ張り出してきて、床に広げた。

「一人分しかないから、それ使って」と幽鬼《ユウキ》は言う。

「私がいつも使ってるやつだから、薄汚れてて悪いけど……」

「あ、いえ、そんな」

すると、玉藻《タマモ》は両手を前に出し、答えた。

「幽鬼《ユウキ》さんを差し置いてだなんて……。私は床で寝ますので」

おや、と幽鬼《ユウキ》は思った。急に配慮の姿勢を見せてくるではないか。

そうされると、逆に天邪鬼《あまのじやく》な心が湧いた。

「よかったら、二人で一緒に寝る？」

と幽鬼《ユウキ》は言ってみた。

「えっ⁉　……そ、それは……」

玉藻《タマモ》の顔色が変わった。反撃できそうな気配を感じた。「なにか変なことを言ったかな」と幽鬼《ユウキ》はそらっとぼける。

「ひとつしか布団はないんだから、二人で暖を取るにはそうするしかないと思うけど」

「いや、あの、でも」

あわあわとする玉藻《タマモ》。その肩を幽鬼《ユウキ》は軽く押し、布団の上に尻餅をつかせた。掛け布団をかぶせてやり、幽鬼《ユウキ》自身も一緒に、布団の中に入った。

世に言う、添い寝の状態だった。

「ちょ、ちょっと幽鬼《ユウキ》さん……！」

玉藻《タマモ》は布団を出ようとした。が、幽鬼《ユウキ》はその体をがっちり押さえて逃さない。

「そばにいさせろって言ったくせに、なんで嫌がるの？」

さっきの玉藻《タマモ》の言葉尻を捕らえてみた。反論に窮したのだろう、玉藻《タマモ》はうつむいた。白い肌に赤みがかかっており、照れているのだということがわかる。かわいいなあ、と幽鬼《ユウキ》は思った。

玉藻《タマモ》の承諾が得られたところで――もとい抵抗がなくなったところで――二人は寝についた。一刻も早く意識を無くそうとしているのか、玉藻《タマモ》はきゅっと目を閉じ、黙っていた。そんな彼女を幽鬼《ユウキ》はじっくり観察した。

本来、一人用の布団である。二人が入ろうと思えば、相当体を密着させないといけない。というわけで現在、幽鬼《ユウキ》と玉藻《タマモ》は、親や兄弟にさえなかなか許すことのない至近距離にいた。まつ毛の一本一本さえも識別できるほど、玉藻《タマモ》の顔が近くに見えた。

驚くべきことに、それだけ間近で観察しても、玉藻《タマモ》の美貌にはケチひとつつけられなかった。しみも出来物もひとつたりとも見受けられず、顔面のパーツがすべて収まるべきところに収まっており、目元も鼻筋も思い切りのいいカーブを描いている。〈防腐処理〉があるとはいえ、これは常軌を逸していると幽鬼《ユウキ》は思った。人の身でありながら不気味の谷に落ちかけているかのような、写真加工の機能を最大限活用して作られた自撮りのような、多少の怖さをはらんでいる美しさだ。

それを観察しているうちに、幽鬼《ユウキ》はなんだか興奮してきた。ただ綺麗《きれい》なだけではない、というのがいっそうそそる要素だ。これは幽鬼《ユウキ》の持論なのだが、漫画でも音楽でもなんでも、ただ心地いいだけでなく、多少の気持ち悪さがあるからこそ真に魅力的になるのだと思っている。安心と緊張とをユーザーに繰り返し味わわせることで、エクスタシーに導くのだ。その特性を玉藻《タマモ》は有していた。まんまと幽鬼《ユウキ》は気持ちを強くさせられた。

やがて、幽鬼《ユウキ》は気持ちを行動に移した。

玉藻《タマモ》の胴に手を回し、ぎゅっと抱きしめてみた。

「……！？！？」

いくらなんでもその刺激は我慢ならなかったらしく、玉藻《タマモ》は目を開け、じたばたと暴れた。

が、ハグの姿勢を幽鬼《ユウキ》が解くことはなく、それどころか逆に、玉藻《タマモ》が暴れることで生じる彼女の感触を楽しみすらした。すごく気持ちよかった。魂と魂をこすり合わせているかのような、むずがゆいぞくぞくが止めどなく生まれた。人と抱き合うのは気持ちいいのだなあ、と幽鬼《ユウキ》は知る。それがかわいい弟子となれば、なおさらだ。

そのうち、玉藻《タマモ》は抵抗をやめた。幽鬼《ユウキ》の腕の中で大人しくなった。こすれる刺激がなくなったので、それにともない気持ちが多少落ち着いた。弟子を取るのも悪くないかもな――と思いつつ、幽鬼《ユウキ》は目を閉じ、意識をほどけるままに任せた。

──そして、時は現在に戻る。

（6／28）

幽鬼《ユウキ》は目を覚ました。

窓から差す西日が、部屋を赤く照らしていた。夕方だった。幽鬼《ユウキ》は上体を起こし、まだ眠い目をこすりながら、横を見た。

同じ布団で、玉藻《タマモ》がすやすや寝ていた。

その距離は近い。今朝と同じ状態だ。どうやら、いちゃいちゃしているうちに、お互い眠ってしまったらしい。

幽鬼《ユウキ》は頭に手を当てた。「……バカップルかよ」とつぶやいた。

（7／28）

そんな調子で、幽鬼《ユウキ》と玉藻《タマモ》の師弟生活は幕を開けた。

翌日以降も、玉藻《タマモ》は頑として帰ろうとしなかった。〈今日のところはひとまずおそばに〉と言っていたが、それは明日になれば帰ってくれるという意味ではなかったようだ。宿賃代わりとでもいうかのごとく、掃除、洗濯、料理などなど、玉藻《タマモ》は家事をこなしてくれた。その中には、幽鬼《ユウキ》が見せるのを嫌がった風呂場やトイレの掃除も含まれていた。〈あらあら〉とはにかみながらやってくれた。ものすごく恥ずかしかった。

玉藻《タマモ》に働かせるばかりでなく、幽鬼《ユウキ》も自分の使命――〈師匠〉としての仕事に努めた。詳しいことは白士《ハクシ》師匠に会ってから考えるものとして、ひとまずのところは、ゲームに関する座学を行なっている。脱出型、対戦型、生存型の分類や、ゲーム前後の流れ、周辺業界の人間の存在などなど。初心者の玉藻《タマモ》にとっては、それだけでも一定の収穫となろう。また、もうひとつ幽鬼《ユウキ》から与えたものがあった。布団だ。毎日あんな感じでいちゃいちゃしながら眠る胆力はなかったので、来客用の布団を買い与えたのだった。

川の字ならぬイコールの字で並んで眠り、早数日。

玉藻《タマモ》をアパートに置いて――一人で待つようなんとか言い聞かせて――幽鬼《ユウキ》は出かけた。

行き先は、いつか出向いた地方都市。例のマジックバーにて、師匠と会う約束だった。幽鬼《ユウキ》が到着したころには、すでに白士《ハクシ》はカウンターチェアに腰を下ろしていた。顔は動かさず、視線だけを幽鬼《ユウキ》のほうに向けて、「よう」と言ってきた。

「こんばんは」

幽鬼《ユウキ》は挨拶を返し、隣の席に座った。軽く雑談をしたり、バーテンダーのマジックを鑑賞したり、グラスを空けたりしたあとで、本題に入った。

「弟子を取る時期になったか。とうとうお前も」白士《ハクシ》は言う。「それで、首尾はどうだ？ ものになりそうか？ その玉藻《タマモ》というのは」

「いえ、それはなんとも……。今はまだ、ゲーム関連の知識を与えてるだけですから」

「……ほう？」

「あと、布団を買い与えました」

ところで、ここ数日の間に、幽鬼《ユウキ》はクラスメイトとの一件に取り組んでいた。玉藻《タマモ》の指導が進んでいないのには、そういう事情もある。

「ずいぶんゆっくりだな」と白士《ハクシ》。

「それがここに来た事情でもありまして……。師匠にお聞きしたいんです。弟子の教育って、どういうふうに進めたらいいんです？ 私のときって、どんな感じでしたっけ？」

「そうだな、確か……」

白士《ハクシ》の記憶は幽鬼《ユウキ》より出来がいいようだった。かつて受けた指導内容を、幽鬼《ユウキ》は正確に教えてもらった。「そんなところだな」と白士《ハクシ》は話を締めくくる。

「むろん、この方式に従う必要はない。お前なりの意見があるなら、それを反映させるのもよかろう。お前の弟子なのだから、そこはお前の自由だ」

「……ですね……」幽鬼《ユウキ》は返事をした。

「なにか、まだ気になることがあるのか？」

「あ、いや……」

口ごもる幽鬼《ユウキ》の様子から、白士《ハクシ》はなにかを読み取ったようだ。

「……もしや、弟子に取りたくなかったのか？」

と聞かれた。

「あー、その……うーん、望まぬ形だったのは確かなんですが……」

〈あー〉とか〈まあ〉とか、間投詞をふんだんに使いつつ、幽鬼《ユウキ》は考えをまとめた。

「なんか、責任を感じるんですよね。人に教えるのって。私の言うこと成すことが、玉藻《タマモ》の寿命に直結するわけじゃないですか。ゲームの外でそういう状況になるのって初めてなので、なんか受け入れ難《にく》いな、と思ってしまって……」

二十八回目のゲーム――〈ゴーストハウス〉がそうだったように、他者に手解《てほど》きをするのは初めてではない幽鬼《ユウキ》だった。ゲームの中でなら、責任感は覚えずに済む。どんなことが起こっても無責任であれ、というルールを己に課しているからだ。しかし〈外〉となると――プレイヤーではないときのことになると、どうにも弱い。一般人としての責任感が頭をもたげてしまう。

「その責任感を活《い》かして、せいぜいしっかり鍛え上げてやることだな」と白士《ハクシ》は正論を一発。

「……ちなみに、私を弟子にしたときって、どういう心境だったんですか？　師匠は」

「当時のお前なんて、生きてるのか死んでるのかわからんやつだったからな。別に死んでも構わんだろうと思っていた」

「ひでえ」

「まあ、せっかくだから一回、真剣に他人と関わってみろ。お前のような個人主義のプレイヤーにはいい経験になるだろう」

「そうですかねえ……」

幽鬼《ユウキ》は机に突っ伏した。「そういえば」と白士《ハクシ》は次の話題に移る。

「お前自身も近々、人に師事するそうだな」

そのことは、事前に伝えていた。白士《ハクシ》と会う約束を取り付けるとき、軽く近況報告をしていたのだ。

「ええ」と幽鬼《ユウキ》は答える。

「目の見えない状態で、プレイヤーをやっていた人がいるらしくて。その人に会いにいく予定です」

幽鬼《ユウキ》は、右の頬骨《ほおぼね》に手を当てた。

その数センチ上の眼窩《がんか》にはまっている右目。それが機能を失いつつあるということが、先日の検査で明らかになった。このままではいかんと思っていたのだが、幸いにも、少し前に知り合った少女――心音《ココネ》から、全盲のプレイヤーを紹介してもらうことができた。すでに約束の日取りまで決まっていて、あとは行くだけ、という段階まで話は進んでいた。

「鈴々《リンリン》さん、というプレイヤーらしいです。名前しかまだ聞いてないんですが……」

「ふむ」

白士《ハクシ》は自分の顎を触る。

「私も、名前は聞いたことがあるな」

「あ、知ってたんですか」

「いや、知っているというほどではない。それこそ名前と、全盲であるということと……」

そこで、白士《ハクシ》の言葉は不自然に途切れた。数秒のインターバルを経《へ》て、「おい」と言った。

「はい」

「彼女に会いに行くのなら……覚悟をしたほうがいいかもしれないな」

「……？」

どういうことですか、と幽鬼《ユウキ》は言おうとしたのだが、白士《ハクシ》がさっさと席を立ち、お会計の段取りに入ったので、聞きそびれてしまった。

その言葉の真相を、のちに幽鬼《ユウキ》は、身をもって知る。

（8／28）

白士《ハクシ》と会ってから、さらに数日後。

幽鬼《ユウキ》は、玉藻《タマモ》を連れて、全盲のプレイヤーのもとへ向かった。

人生で初めて、飛行機というものに幽鬼《ユウキ》は乗った。なにかトラブルが起きたりしないかとちょっとわくわくしていたのだが、嬉《うれ》しいかな悲しいかな、無事に空港へ到着。そこからは船に乗り換え、一旦ほかの島に行ってから、また別の船に乗り換えた。幽鬼《ユウキ》たちの目的地に定期便は出ておらず、個人で船を出す必要があったからだ。幸い、幽鬼《ユウキ》のエージェントが操縦できるそうだったので、彼女に送ってもらい、幽鬼《ユウキ》たちはそこに降り立った。

離島だった。

〈クラウディビーチ〉のときに行った離島とは、また趣の違う場所だ。あの島を〈自然の広がるリゾート地〉とするなら、こちらはまさしく〈人の手が入った離島〉といった具合。島の端には船着き場が設置されていたし、道路は舗装されていたし、いかにも離島らしい石垣が道の両端に作られていたし、等間隔に電柱が配置されてもいたし、そこから伸びる電線が、綺麗《きれい》な青空を仕切ってもいた。また、ぽつぽつと建物の姿も見えた。

そうした離島の中を、二人は歩いた。

二人とも、それぞれ、肩から荷物を下げている。鈴々《リンリン》に会ったあとの流れは不明だったが、しばらくこの島に滞在するであろうことが予想できたので、小旅行ぐらいの気分で用意をしてきた。その重量の分だけ、二人の足取りは重かった。

「……うわ、圏外だ」

携帯を見て、幽鬼《ユウキ》は言った。

ＩＴ社会への出入り禁止を意味する二文字が、画面に映っていた。その表示を見るのは初めてのことではなかったが、携帯の電源を入れた直後だとか、ＳＩＭカードを挿入する前だとか、特殊なケースでの事例がほとんどである。電波の届かない場所にいる——という、本来の意味での圏外通告は初めて見たかもしれない。

「私もです」

隣を歩く玉藻《タマモ》も、自分の携帯を見て言った。

「本当に、人が住んでいるのでしょうか？　ここ……」

「場所は合ってるはずだけどなぁ」

心音《ココネ》からは、島の場所しか聞かされていなかった。さほど大きな島でもないし、行けばほどなく会えるだろう、とのことだった。幽鬼《ユウキ》としても、出会ったあとのことはともかく、出会うことに関してはあまり心配していなかった。

しかし、不安になってきた。人工物はそこかしこに見えるが、人の気配はしない。それに、よく観察してみると、道路がひび割れていたり、朽ち果てた民家があったり、どことなく荒廃している気配もある。もしかすると、なにか手違いでもあったのだろうか――？

そんなふうに気を揉みながら、歩くこと数十分。

幸い、幽鬼《ユウキ》をほっとさせてくれるものが見つかった。

石垣の上に、コートがかかっていた。幽鬼《ユウキ》は洋服に詳しくないので、コートだな、としか思わなかったのだが、「女物ですね」と玉藻《タマモ》が描写してくれたので、どうやら女物であるらしいとわかった。

「おそらく、鈴々《リンリン》さんのものではないでしょうか」

玉藻《タマモ》は言って、石垣の向こうに目を向けた。

その先には、庭を挟んで民家があった。瓦葺《かわらぶ》きの屋根に、木造の平家。田舎情緒あふれる日本家屋である。都市部では考えられないほど広々と土地を使い、日向《ひなた》ぼっこでもするかのごとく、気持ちよさそうにそれは横たわっていた。

「目印に置いた、ってことなのかな……」

その民家とコートを交互に見て、幽鬼《ユウキ》は言う。

コートは綺麗《きれい》な状態だった。たぶん、昨日今日置かれたものだろう。民家の軒先にかかっていたことからするに、ここが彼女の住処《すみか》だというメッセージの可能性は高い。

幽鬼《ユウキ》と玉藻《タマモ》は民家を訪ねた。玄関にインターホンがなかったので、扉をノックした。

「はーい」という声が、扉の奥から小さく返ってきた。その後、近づいてくる足音に混じって、りんりんという音が幽鬼《ユウキ》の耳に届いた。なんの音だろう、と思いながら待つこと数十秒、古い家の扉を開けるとき特有のがらがらがらという音とともに、彼女は現れた。

「まあ——いらっしゃい」

お姉さん、という感じの女の人だった。

錐原《キリハラ》の友人というから、彼女と同じぐらいの年齢を想像していたのだが、それより若かった。真実若い年齢なのか、それとも若作りな人なのか。〈お姉さん〉と形容するのがぴったりはまる柔和な雰囲気を持っていて、両耳にひとつずつ、鈴のついたピアスをつけていた。さっきのりんりんという音は、あれから出でたものだろう。

そして——最も重要なこと。

彼女の目は、左右ともに閉じていた。

その事実で大方の予想はついていたのだが、一応、幽鬼《ユウキ》は聞いた。「鈴々《リンリン》さん、でいらっしゃいますか？」

「ええ」と鈴々《リンリン》は答えた。「あなたが、幽鬼《ユウキ》さん？」

「はい」

「——そっちの娘は、どなた？」

鈴々《リンリン》は、玉藻《タマモ》を手で指し示した。

その動作に、玉藻《タマモ》は一瞬驚いた表情。が、すぐに取り直して、「弟子の玉藻《タマモ》です」と一礼をした。

「へえ……。お弟子さんを取っているのね」

「……あの。なんでわかったんですか？」幽鬼《ユウキ》は聞いた。「その……見えてないんですよね？　彼女、一言もしゃべってないはずなのに」

「ええ。そうね」鈴々《リンリン》は答える。「でも、そのぐらいなら、見るまでもなくわかるわ。

「……さ、上がってちょうだい。続きは奥で話しましょう」

鈴々《リンリン》はそう言って、屋内に入った。幽鬼《ユウキ》と玉藻《タマモ》もそうした。二人が靴を脱ぎ、玄関に揃《そろ》え、廊下に上がったのをあたかも見計らったかのように、ちょうどのタイミングで鈴々《リンリン》は歩き出した。二人もそれに従い、三人で廊下を歩いた。

「遠路はるばる、ご苦労様」

歩きながら鈴々《リンリン》が話しかけてきた。

「どう？　携帯、つながらなかったでしょう？」

「ええ、圏外でした」と幽鬼《ユウキ》が答える。

「呼び立ててごめんなさい。どうしても、この場所が必要だったから……」

「……？　鈴々《リンリン》さん、この島に住んでるんじゃないんですか？」

そういうニュアンスに聞こえたので、幽鬼《ユウキ》は質問してみた。

「まさか」と鈴々《リンリン》は答える。

「こんな辺鄙《へんぴ》な場所に、一人で住めると思っているの？　ましてや全盲の人間が」

おっしゃる通りだった。「……まあ、そうですね」と幽鬼《ユウキ》は答える。

「知人に頼んで、この島を用意してもらったのよ。あなたたちと楽しむために……」

幽鬼《ユウキ》は想像する。人の手が入った形跡がいくらか見られるこの島であるが、おそらく、すでに無人化してしまっているのだろう。どことなく荒廃した雰囲気があるのは、そのためだ。

それにしても――〈楽しむ〉か。含みのある言い方だった。これから自分たちはなにをすることになるのだろう、と幽鬼《ユウキ》は思う。

「…………」

前を行く鈴々《リンリン》を、幽鬼《ユウキ》は観察した。

全盲のプレイヤー――だと聞いている。だからこそ幽鬼《ユウキ》はここに来た。しかし、今のところ、鈴々《リンリン》の挙動は完全に〈見えてる〉人間のそれだった。声ひとつ発していない玉藻《タマモ》の存在に気づき、二人が靴を脱ぐのをご丁寧に待ってくれた。現在、廊下を歩いていることについてもそうだ。杖《つえ》ひとつ使わず角を曲がり、障害物をかわしてのけている。

幽鬼《ユウキ》は、鈴々《リンリン》の耳に注目を向ける。

彼女の髪で耳そのものは隠れていたのだが、左右両方にピアスをつけていて、さらにそのピアスから鈴が下がっているのを確認できた。彼女が一歩進むたびに、りんりん、と鳴り、廊下に清涼感をもたらしていた。

あの鈴――やはり、そういうことなのだろうか。

「鈴々《リンリン》さん」と幽鬼《ユウキ》は聞いた。

「なにかしら？」

「その鈴って、音の反射を聞くためにつけてるんですか？」

エコーロケーション、というやつだ。

音の反響を利用して、周囲の環境を探る行為のことである。コウモリやイルカがそのような能力を持つことはよく知られているし、人間の場合においても、舌を鳴らしたり、杖で地面を叩《たた》いたりして、それを実現することが可能であるという。両耳に鈴を取り付けるというケースは初めて聞く幽鬼《ユウキ》だったが、しかし、〈全盲〉に〈鈴〉ときたら、その結び付きを推量するのは難しいことではなかった。

「その通りよ」

左耳についているほうの鈴を指で弾《はじ》いて、鈴々《リンリン》は答えた。

「もう、十年来の付き合いになるわ。視力をなくしたとき、どうやって補おうか考えて……それで、ぴーんと来たのよ。だって、私の名前にぴったりじゃない？」

うふふ、と鈴々《リンリン》は笑った。

若い女の人にしばしば見られる、神経に響く笑い方だった。

「後天的に身につけられるものなんですか？」

「やってやれないことはないわ。それなりに時間はかかるけれど」

鈴々《リンリン》の挙動の謎。それについては、とりあえず解答を得たといえよう。

もっとも、それだけでは日常生活は送れても、プレイヤーとして活動するには足りない。

まだなにかあるはずだ、と幽鬼《ユウキ》は思う。

「あなたこそ、その右目、悪くしているの？」

出し抜けに、鈴々《リンリン》が聞いてきた。「えっ」という、完全に虚を突かれたリアクションを幽鬼《ユウキ》はしてしまう。

「右足を出すときの歩幅が、左に比べて小さいわ。右側に気をつけているということね。私を訪ねたことと併せて、右目の視力がないか、あるいは衰えているのかと思ったのだけれど……違った？」

歩幅。そんな微妙な違いまで聞き取れるのか――と幽鬼《ユウキ》は一瞬思うが、「……いやいや」

「ハッタリでしょ、それ。心音《ココネ》さんから事前に、私のことを聞いてたんですよね？」

心音《ココネ》。この機会を実現するにあたり、幽鬼《ユウキ》と鈴々《リンリン》をつなげてくれた人物。幽鬼《ユウキ》の右目が衰えつつあることを彼女は知っているし、当然、鈴々《リンリン》にアポを取る際にはその話をしたことだろう。幽鬼《ユウキ》の身の上について、鈴々《リンリン》が知っていたとしても不思議ではない。

うふふ、と鈴々《リンリン》は笑った。

「その通りよ。よくぞ気づいたわね」

「意味のない嘘《うそ》つかんでくださいよ」

「ハッタリも重要な技術よ。私のような人間にとっては、特にね……」

そんな会話をしているうちに、幽鬼《ユウキ》たちは客間に通された。全面畳張りの床に、日本家屋のフォーマットに沿った家具が並んでいる。野外に隣接しているらしく、障子を通して、日光がさんさんと室内に注がれていた。

鈴々《リンリン》は、大机のそばの座布団に腰を下ろした。幽鬼《ユウキ》と玉藻《タマモ》もそのようにした。机を挟んで、三者対面する形となった。

「早速本題に入りましょうか」と鈴々《リンリン》は言う。

「心音《ココネ》から話は聞いているけれど……今一度、確認するわね。あなたは私と同じプレイヤーで、最近、右目の視力が低下しつつある」

「はい」

「そこで私を訪ねた。視力に頼らず、プレイヤーとして戦い続ける方法を知るために」

「まさしく」

「理由は聞かないわ」

鈴々《リンリン》は、己の胸に手を当てる。

「聞くまでもなく、あなたの境遇にはいたく共感できるもの。力になってあげたいと心から思う。全力でサポートさせてもらうわね」

「……よろしくお願いします」

幽鬼《ユウキ》は答えた。なんだかすごく共感されていた。初対面の人間に向けるにしては大きすぎる感情に思えたが、〈視力〉という問題の重大さ、なおかつプレイヤーという職業の一致もあるわけだから、同族意識もそこそこに大きくなっているのだろうか。

「考えたのよ、色々」と鈴々《リンリン》は続ける。

「どうすれば、私の技術をいちばんうまく伝えられるか。普通に言葉で教えることもできるわ。だけど、それだけじゃ不十分だと思ったの。あなたと私は違う人間。同じ言葉を使っていても、その響き方が同じになるとは限らない……」

詩的な表現ではあったが、まあそうだな、と幽鬼《ユウキ》は思う。

「だから、もっと積極的なやり方でいくことにしたわ。幸い、私もあなたもプレイヤー。言葉よりも強力で、なおかつ正確な伝え方を知っている。そうでしょう?」

「なんのことです?」

「あなたもプレイヤーなら、常日頃からやっているでしょう? 共闘した相手、争った相手から、その技を〈盗み取る〉ということを……。お姉さん教えるのは上手じゃないけれど、実戦には今でも自信があるわ。それでいきましょう」

「組手かなにかする、ということですか？」幽鬼《ユウキ》は推測を言った。

すると、鈴々《リンリン》は突然、口を手で押さえた。吹き出したのだ。しばらくぷるぷると悶絶《もんぜつ》してから、「冗談がうまいのね」と彼女は答えた。

「ただ組手をするだけなら、こんなところに呼び出したりはしないわ。私の言う〈実戦〉は、文字通りの意味よ」

ルールを説明するわね、と鈴々《リンリン》は続ける。

「そうね……ゲームで言うところの脱出型ということになるのかしら。この島のどこかに、電動のボートとスマートキーを隠してあるわ。それを利用して、この島から脱出できればゲームクリア。そうさせないよう、私があなたたちを妨害するわね。ゲームの期間は未定。禁止事項はなし。島にあるものは自由に使ってくれて構わないわ。備蓄の食料や、得物もあちこちに隠してもらっているから、探してみてちょうだい」

「……得物？　得物ってなんです？」

穏やかならざるワードだった。幽鬼《ユウキ》は聞く。

「ええ。私も昨日、島に着いてから軽く探してみたのだけど……」

言葉の途中で、鈴々《リンリン》は立ち上がった。タンスに向かって歩いた。〈タンス〉というよりも〈箪笥《たんす》〉と書き表すのがよさそうな古めかしいそれの引き出しを開け、ふたつのものを取り出し、机に置いた。

「例えば、そういうのよ」

言い逃れようもなく、それらは武器だった。

(9/28)

拳銃と、バタフライナイフがひとつずつ。

偽物——ではなかった。生き馬の目を抜く世界で生きている幽鬼《ユウキ》なのだ、それが本物か偽物かぐらい、見ただけでわかる。人の命を奪うことなど造作もない、この国においては理由なき携行を認められていない、殺傷能力を宿した武器だった。

鈴々《リンリン》は拳銃を手に取った。

撃った。もちろん、いきなり幽鬼《ユウキ》たちを狙うようなことはしなかった。デモンストレーションのつもりなのだろう、狙った先は部屋のふすまだった。火薬の弾《はじ》ける音が、連続で四つ、気持ちよくとどろいたあと、引手《ひきて》の斜め下に同数の穴が空いた。

「…………」

幽鬼《ユウキ》は、絶句する。

「どのぐらいの量、隠してあるのかは知らないわ」

なんてことないかのように鈴々《リンリン》は続ける。

「でも、この家を探しただけでも、ふたつは発見できたわね。ほかにもたくさんあると考えていいでしょう。武器に不自由することはないと思うわ」

「ちょっ……ちょっと待ってください？」

幽鬼《ユウキ》は口を挟んだ。鈴々《リンリン》には当然見えないのだが、手を前に出し、制止するという仕草をついやってしまった。

「え、なんですか？　今から私たち、殺し合いをするんですか？」

「初めてのプレイヤーみたいな反応ね」

うふふ、と鈴々《リンリン》は笑う。なにがおかしいねんと幽鬼《ユウキ》は思った。

「なにをそんなに驚いているの？　〈実戦〉って言ったじゃない」

「いや、実戦ったって……もっと模擬戦みたいな感じかと……。ここまで〈ゲーム〉に寄せる必要あります？　武器を使うにしたって、もっとこう、ほんわかしたやつでいいじゃないですか」

「それじゃぬるいわ。実戦での成長を得たいのなら、本物のゲームに可能な限り近づけるべきよ。あなただって師匠から、こんなふうに教育されたのでしょう？」

「されてません！　普通に教えてもらってました！」

優しく教えてもらっていたとはとても言えないが、それでも、ここまで物騒ではなかったはずだ。なかったと思う。

「あら、そう？　最近の娘は手ぬるいのね」

鈴々《リンリン》はバタフライナイフを手に取り、慣れた手つきでかしゃかしゃかしゃと展開した。その辺の不良がやったのでは恐れるどころか逆におかしみすら誘う動作だが、柔和な雰囲気のお姉さん、それも目の見えない人物がやっているとなると、ものすごく怖い。

「でも、これが私のやり方だから。従ってもらうわね」

「……」

幽鬼《ユウキ》は、再び絶句する。

目の前の現実を受け入れるまで、かかった時間は数秒。その後、幽鬼《ユウキ》は隣に座る我が弟子、玉藻《タマモ》に目を向けた。

「そういうことなら、今のうちに玉藻《タマモ》だけでも帰らせてやりたいんですが」と幽鬼《ユウキ》は言う。

「こっちに来るのに使った船があるので、それで……」

幽鬼《ユウキ》のエージェントには、船もろとも、船着き場で待機してもらっている。この島にどれだけ滞在するのか、鈴々《リンリン》と会ったあとどういう流れになるのか、不明だったからだ。

鈴々《リンリン》のゲームに乗らずとも、幽鬼《ユウキ》たちはそれを使ってこの島を脱出できる。

だがしかし、「だめよ」と鈴々《リンリン》は言う。

「というより……もう遅い、と言うべきかしら。その船なら、とっくに帰しちゃったから」

「えっ」

鈴々《リンリン》は障子を開いた。縁側を通って、下駄《げた》に足を通し、庭に出た。〈ついて来い〉とは特に言われなかったのだが、幽鬼《ユウキ》も玉藻《タマモ》も同じようにした。

庭をしばらく歩くと、辺りを一望できる場所に出た。この民家が高台に位置していることを、そこで初めて幽鬼《ユウキ》は知る。幽鬼《ユウキ》たちがここに至るまで歩いてきた道のり、および、船着き場をまとめて視界に映すことができた。

そこには、なんと、一隻の船もなかった。

「あなたのエージェントさん、だったのかしら？」鈴々《リンリン》は言う。

「ほかの船が泊まっていると差し障りがあるから、帰ってもらったわ。私の〈ゲーム〉以外によって、この島から脱出する方法はもうないわね」

「…………」

幽鬼《ユウキ》は、三度絶句した。

この民家まで、幽鬼《ユウキ》たちは寄り道なく移動したわけではない。分かれ道や行き止まりで行ったり来たりしながら、鈴々《リンリン》のいると思われる場所を探っていたのだ。そのように幽鬼《ユウキ》たちがもたもたしている間に、鈴々《リンリン》はこの民家から船着き場に直行し、エージェントに島から離れるよう言い聞かせ、そしてまた戻ってきた、ということなのだろう。手際のよろしいことこの上ない。

「本気なんですか」

幽鬼《ユウキ》は言った。鈴々《リンリン》の持つ拳銃を見ていた。その視線を知ってか知らずか、彼女はそれを掲げて、「冗談でこんなものを持ち出さないわ」と言う。

「禁止事項はなし、でしたよね。つまり……鈴々《リンリン》さんは、私たちを殺す気で襲ってくるものと考えていいんですね？」

「ええ。そのつもりよ」

「恐れ入りますが……。こちらが逆に、鈴々《リンリン》さんを死なせてしまう事態も考えられます。それもご承知なんですね？」

鈴々《リンリン》の話によれば、この模擬ゲームは脱出型である。鈴々《リンリン》を殺害せずともクリアは達成可能だ。幽鬼《ユウキ》としてもゲームの外で殺人をするつもりはない。だがしかし、扱うものがものなのだから、そういった事態も勘案するべきだろう。

鈴々《リンリン》は笑った。「変なこと聞くのね」と言った。

「当たり前でしょう？　プレイヤーになった日から、生には執着していないわ」

その発言に、幽鬼《ユウキ》は、引っ掛かりを覚えた。

釈然としないものを感じる。なんだろう。ゆっくり考えをめぐらせたいところだったが、間を置かず、鈴々《リンリン》の言葉が割り込んできた。

「それじゃあ、始めましょうか」

そう言って、彼女は拳銃を空に向けた。その動作の意味は、すぐに、彼女自身の言葉が教えてくれた。

「いーち」

幽鬼《ユウキ》は玉藻《タマモ》に顔を向けた。

玉藻《タマモ》はうなずいた。二人は全力でダッシュした。超特急で下駄《げた》を脱いで庭から客間に戻り、部屋を出て、来たときの十倍以上の速度で廊下を突っ切った。行儀もへったくれもないばたばたの動作で靴を履き、民家を出たのと同時に、開幕の銃声が鳴った。

二人にとって幸いだったのは、鈴々《リンリン》のあれがテンカウントだということだった。きっかり十秒後に銃声は鳴り、その猶予のおかげで民家の外まで走り切ることができた。三秒カウントや五秒カウントでなくて助かったと幽鬼《ユウキ》は思うが、しかし、だからといって、あのお姉さんが有情であるとは一ミリも思えなかった。

（10／28）

民家を出たあとも、二人は走った。

走って、走って、走って、走った。力の限り走った。いつかの〈走り込み〉などとは比べものにならぬ真剣さで走った。あのとき玉藻《タマモ》の走力を確認しておいてよかった——彼女が痩せてくれていてよかったと幽鬼《ユウキ》は心から思う。全力で走っても、置いていく心配をしなくていいからだ。ひび割れた道路を駆け、石垣を飛び越え、林を縦断し、それでも二人はなお走った。次第に息も切れ、視界がかすみ、両脚の駆動もスムーズにいかなくなってきて、口いっぱいに鉄の味がするようになったころ、

背後で、玉藻《タマモ》の転ぶ音がした。

「あっ、……」

心配して振り返ったのと同時に、幽鬼《ユウキ》も転んだ。二人とも、道路の真ん中で膝をついてしまった。

体力を使い果たしていたので、一度座ると再び立ち上がるのは至難の業だった。幽鬼《ユウキ》は

犬のように這《は》って玉藻《タマモ》のそばに寄り、「大丈夫？」と聞いた。

「ひ、膝が、笑っています……」

玉藻《タマモ》は答えた。確かに、彼女の下半身がぶるぶると震えていた。〈もう限界〉のサインだ。

「笑わせといて」と彼女に声をかけておいて、幽鬼《ユウキ》は、周囲に目を光らせた。前後には道路が続いており、左右には、石垣を挟んで雑木林が広がっている。四方向のいずこにも、鈴々《リンリン》の気配は認められない。

ひとまず逃げ切ったようだ。へばりついている髪ごと、額の汗を幽鬼《ユウキ》はぬぐった。

「……ったくもう、やんなっちゃうな……」

酸素を求めつつ、幽鬼《ユウキ》は愚痴を言った。

まさか、こんなことになるとは。元プレイヤーから受ける指導――それが優しいものでないのは覚悟していたが、さすがにこれは想像の外だ。実際のゲームとほとんど同じ舞台設定――いや、もっと状況は悪いといえよう。運営が関与していないこのゲームには、終了後の医療的サポートが存在しないからだ。〈防腐処理〉の恩恵はいまだ健在だが、発生した怪我《けが》は自分でなんとかしないといけない。そのへん、どうすればいいのだろう？　エージェントに頼めばなんとかなるか？　ゲーム外の怪我も、運営は世話してくれるものなのだろうか？　鈴々《リンリン》のほうはどうなのだろう？　いつかの仁実《ひとみ》や錐原《キリハラ》のように、〈防腐処理〉も抜けてしまっているのでは？　この模擬ゲームについて心音《ココネ》は知っていたのだろうか？　だとしたら次会ったときセクハラのひとつでもしてやる。こうなったらもう、このゲームも九十九回のうちの一回にカウントしてやろうか——と思考が現実逃避の味を帯びてきたところで、幽鬼《ユウキ》は頭を振り、雑念を払った。

「悪いね、こんなことになって」

　そして、玉藻《タマモ》に声をかけた。

「いえ、私なら、大丈夫、ですから……」

　明らかに息絶え絶えの大丈夫じゃない調子で玉藻《タマモ》は答えてくれた。そう言ってくれるのは嬉《うれ》しかったが、たぶん、本心では、〈冗談じゃねえよ〉と思っていることだろう。少なくとも幽鬼《ユウキ》はそうだ。ゲームで死ぬのならともかく、訓練中の事故で死ぬのはいやである。

　ところで、逃げるのに必死で、あの民家に荷物を忘れてきたことを幽鬼《ユウキ》は思い出した。幽鬼《ユウキ》も玉藻《タマモ》も、着の身着のままだ。厳密にいえばポケットに携帯ぐらいは入っていたが、今一度電波状況を確認してみても、やはり圏外だった。助けは呼べない。

「玉藻《タマモ》の携帯、衛星電話対応だったりしない？」

　一応聞いてみるのだが、彼女は首を振った。

「ごめんなさい、用意が悪くて……」

そんなことはないよ、と思った。土台無理な注文である。そもそも、スマートフォンに衛星電話機能を付けられるものなのかすら、幽鬼《ユウキ》は知らない。

両脚から疲れが取れてきたので、幽鬼《ユウキ》は立ち上がった。なにかの間違いで電波が入ったりしないかと思い、辺りをうろうろするのだが、見つかったのは電波ではないものだった。

雑木林の中に、黒いものを発見した。

全長一メートルないぐらいの、細長い棒だった。よく見ると軽く反っていて、持ってみるとわりかし重い。ひとつの洞察がたちまち幽鬼《ユウキ》のもとに降りてきたので、その棒に軽く、引き伸ばす力を与えてみた。

刃文《はもん》波打つ刀身が、姿を現した。

刀だった。

「…………」

かちん、と刀身をしまい、幽鬼《ユウキ》は腹をくくった。

こうなった以上、やるしかあるまい。

全盲のプレイヤー、鈴々《リンリン》。

せいぜい、あの人の技を盗み取ってやる。

（11／28）


鈴々《リンリン》の言ったルールを、幽鬼《ユウキ》は玉藻《タマモ》と確認し合った。

分類としては、脱出型。島のどこかに隠してあるボートとキーを揃《そろ》えて、この島を脱出できればゲームクリア。そうはさせじと鈴々《リンリン》が二人を妨害する。禁止事項はなし。もちろん殺しもＯＫ。鈴々《リンリン》がボートを破壊したり、キーを海に捨てるなどということも理屈の上ではＯＫになるが、たぶんしてこないだろうと幽鬼《ユウキ》は踏んでいる。この手の〈お邪魔者〉が登場するタイプのゲームで、クリアの方法が完全に失われることは基本的にないからだ。これが〈実戦〉の〈ゲーム〉だというのなら、形式に則《のっと》ってくれるはず。そうであってほしいと思う。また、ボートとキー以外にも、島にはアイテムが隠してある。早速刀一本を発見できた。探そうともしていないのに見つかったことからするに、かなりの数が用意されているものと思われる。そこは鈴々《リンリン》の言った通りなのだろう。

ルールを聞いて、ぱっと思ったことがひとつあった。それは――。

「広すぎるよなあ……」

玉藻《タマモ》と一緒に島を歩きながら、幽鬼《ユウキ》は言った。

大きな島ではない。丸一日あれば、島中を見て回ることができるだろう。土地面積としてはさほど広大でもなかったが、しかし、〈隠し場所〉として見たとき、これは広すぎる。ボートはともかくとして、キーのほうはどこにでも隠せてしまう。茂みの中でも、民家の床下でも、電柱の上でも、土の下でも。たかだか十センチもないであろう小物をこの中から探し出せだなんて、砂漠の中で一粒の砂金を探す行為に近しい。

「なんのヒントもなし……というのは、いささか厳しすぎますね」玉藻《タマモ》が同意する。

どういうことだろう、と幽鬼《ユウキ》は考える。実際のゲームを模しているのなら、勝算があっていいはずだが。わかりやすい場所にキーは隠されているということなのか、それとも、隠し場所のヒント自体も、島中にちりばめてあるということか。あるいはそもそも、攻略可能だというのが考え違いなのかもしれない。この模擬ゲームは、全盲のプレイヤーたる鈴々《リンリン》の戦いぶりを教わるためのものだ。であれば、ルールが単なるお飾りだったとしてもおかしくない。

「……あ。ひょっとしたら……」

玉藻《タマモ》が言った。携帯を取り出して、ついついとなにやら操作をした。数秒間、彼女は画面を見つめたのち、「あ、やっぱり」と顔を明るくした。

「なにしてるの？」幽鬼《ユウキ》は聞いた。

「ブルートゥースです」

玉藻《タマモ》は、携帯の画面を幽鬼《ユウキ》に見せる。

「もしかしたら、電波を出しているのかも、と思いまして。ものが鍵ですから」

幽鬼《ユウキ》は画面をのぞき込んだ。ブルートゥースの設定画面が表示されていた。イヤホンやパソコンなど、周辺機器とワイヤレスで接続したいときに開く場所だ。圏外の無人島でも、これは機能する。基地局を介さず、デバイス同士で直接やり取りする方式のため、周囲の電波状況は関係ない。

そして、そこには、興味深い情報が示されていた。住民はおらず、電波を飛ばしているデバイスなどろくに存在しないはずのこの島にありながら、いくつかの候補が検出されていたのだ。

その名前は、上から――〈Item 0037〉〈Item 0024〉〈Item 0118〉〈Item 0101〉。

「これって……アイテムのことかな」

「だと思います。紛失防止用のタグかなにか、付けているのかと」

幽鬼《ユウキ》は、さっき拾った刀を見た。よく観察すると、鞘《さや》にシールがついている。これが電波の発生源だろう。

幽鬼《ユウキ》も聞いたことがある。携帯とペアリングできる紛失防止用タグの話だ。鍵などの貴重品類にあらかじめ取り付けておいて、それをなくしてしまったとき、携帯から無線を飛ばしてアラーム音を鳴らしたり、あるいは、専用アプリからその在処《ありか》を知ることができる。むろん、ペアリングも専用アプリのインストールも幽鬼《ユウキ》たちはしていないが、しかしそれでも、利用可能なデバイスとして電波を拾うことはできるらしい。

　現在検出されているのは単なるアイテムだけのようだが、おそらく、問題のボートとキーにも、このタグはついているのだろう。携帯の無線通信機能を、あたかもダウジングのように活用する。それがこのゲームの攻略法なのだ。

「……あの、ところで」玉藻《タマモ》は言う。「アイテムだけではなく、〈ユウキのスマートフォン〉という名前も表示されているのですけど……これ、幽鬼《ユウキ》さんの携帯ですよね？」

「えっ」

　幽鬼《ユウキ》は画面を改めた。確かに、検出されているデバイスの最下端には、〈ユウキのスマートフォン〉と表示されていた。

　幽鬼《ユウキ》の携帯のことだった。初期設定の名前をそのまま使っていたし、ブルートゥースをこまめに切っておく習慣もなかった。周囲の誰かがこの画面を開けば、必然、幽鬼《ユウキ》の名がでかでかと表示されることになる。

「差し出がましいようですが、名前を変えたほうがよろしいかと。不用心なので……」

「…………」

なんだか、ちょっと恥ずかしかった。「……この戦いに生きて帰れたら、やっておくよ」と、幽鬼《ユウキ》はおどけてみせる。

と――そのとき。

さらにもうひとつ、玉藻《タマモ》の携帯がデバイスを検出した。

表示名は――〈わたしのスマートフォン〉。

（12／28）

「……！」

玉藻《タマモ》は、ほとんど脊髄反射といえる速度で画面をタップ。ブルートゥースを切った。

「あの、幽鬼《ユウキ》さんも――」

玉藻《タマモ》は言う。「あ、ああ……」と答えつつ、幽鬼《ユウキ》は携帯を取り出した。

画面のロックを解除しつつ、しかし、どういうことだと幽鬼《ユウキ》は考える。〈わたしのスマートフォン〉。鈴々《リンリン》の携帯に間違いなかろう。幽鬼《ユウキ》たちと同じく、あの人も携帯を使ってゲームを進めているのだ。〈わたしの〉なんて名前設定から察するに、幽鬼《ユウキ》たちに発見されることも織り込み済みと思われる。でも——どういうことだ？　だってあの人、見えてないんだろう？　どうやって携帯をいじる？　どうやってアイテムを探してるっていうんだ？

ブルートゥースの設定画面まで来た。スクリーン上のボタンにその指がかかったところで、

殺気。

続けて、銃声が複数。

とっさに、幽鬼《ユウキ》も玉藻《タマモ》もその場に伏せた。冬のうさぎのように小さく丸まりながら、銃声が八回鳴ったことを幽鬼《ユウキ》は確認した。デモンストレーションの四発、スタートの合図の一発と合わせて、十三発。どうやら装填《そうてん》数に等しかったようで、それ以上の銃声が続くことはなかった。おそらくは弾切れになった銃を捨てた音が、地面を介して幽鬼《ユウキ》の耳に届いた。

「——外しちゃったかしら」

という声が、遠くから聞こえてきた。

「だめね。久しぶりじゃあ、そうそう当たるものでもないわ」

続いて、りんりんという鈴の音も、しだいに聞こえてきた。

幽鬼《ユウキ》たちは立ち上がり、声のほうを向いた。道の先から歩いてくるのは、両耳に鈴をつけた柔和な雰囲気の人物――鈴々《リンリン》。

彼女は、左手にスマートフォンを持っていた。画面にかかった指を動かして、「あら」と言った。

「玉藻《タマモ》さん、無線を切ったのね。このゲームの仕組みにもう気づいたのかしら？　すごいわ」

画面情報を認識できているらしい。「……このゲーム、携帯を使うんですね？」と幽鬼《ユウキ》は聞いてみる。

「ええ、そうよ」と鈴々《リンリン》は答える。

「アイテムにはすべて、ブルートゥースで検知可能なタグを取り付けてあるわ。隠し場所によっては電波が届きにくいところもあるけれど、だいたい数メートルまで近づけば、その存在を知ることができるでしょう。ゲームの命運を握るボートとスマートキーについても同様。ほかのアイテムと違って特別な名前を与えてあるから、見かけたら探してみて。……ああ、それと、充電のことなら心配いらないわ。アイテムの中にはモバイルバッテリーなんかもあるから、それを使ってちょうだい」

ただし、と鈴々《リンリン》は続ける。

「あなたたち同様、私も携帯を使うわ。アイテムを探すことはもちろん、今回のように、あなたたちの居場所を知るために活用することもあるわね。休息を取りたいときや、私に奇襲をかけたいときなんかは、オフにしておくのが賢明でしょう」

「鈴々《リンリン》さん、携帯を使えるんですか？」

聞きやすいタイミングが来たので、幽鬼《ユウキ》は聞いた。「ええ」と鈴々《リンリン》は答える。

「最近の携帯は便利なのよ。画面が見えなくても、こんなふうに――」

鈴々《リンリン》は携帯を操作した。音量を上げたらしく、幽鬼《ユウキ》のところにまで音声が聞こえてきた。

〈ブルートゥース〉〈周りのデバイス〉〈通信中〉〈設定〉〈ボタン〉――と矢継ぎ早に、ものすごく早口の合成音声が鳴る。鈴々《リンリン》がタップした部分のテキストを読み上げているのだ。

「音声ガイダンスがついているのよ。少し手間は増えるけれど、操作には問題ないわ。あなたもゆくゆくは使うかもしれないから、覚えておいて」

「……勉強になりました」

うふふ、と鈴々《リンリン》は笑う。

「ところで、機械は得意じゃないのかしら？　幽鬼《ユウキ》さん」

そう言って、彼女は画面を連続でタップした。その音声が読み上げられたとき、自分の携帯がまだ電波を飛ばしていたことを幽鬼《ユウキ》は思い出した。〈ユウキのスマートフォン〉〈ユ

ウキのスマートフォン〉〈ユウキのスマートフォン〉〈ユウキのスマートフォン〉〈ユウキのスマートフォン〉〈ユウキのスマートフォン〉。

「や、やめてくださいっ」

幽鬼《ユウキ》はブルートゥースをオフにした。鈴々《リンリン》はますますおかしそうに笑った。

そして――その表情のまま、彼女はポケットからバタフライナイフを抜いた。

「……！」

幽鬼《ユウキ》は、慌てて携帯をしまった。

さっき拾ったアイテム――刀に持ち替え、刀身を引き抜いた。投げ捨てた鞘《さや》が地面に落下し、からんからんと乾いた音を響かせたときには、鈴々《リンリン》もすでにナイフを展開し終えていた。

「武器を見つけたのね」と鈴々《リンリン》は言う。

「長物の剣……いや、刀かしら？　鞘を投げ捨てていたもの。いずれにせよ、私よりリーチは長そうね」

あいかわらず、見えているかのようにこちらの状況を探ってくる。刀を握る両腕に、幽《ユウ》鬼《キ》はぐっと力を込めた。

こちらは刀で、相手はナイフ。長物の武器が有利というのが戦いの鉄則であるが、しかし、このとき、幽鬼《ユウキ》はあまり優位を感じられなかった。刀に苦手意識があるのだ。昔、時代劇モチーフのゲームで、刀をろくに扱えず四肢すべてをぶった斬られたことがある。それ以来、扱うべからざる武器の筆頭として幽鬼《ユウキ》の脳に記録されている。右目の視力のこともあったし、できることなら、腕の立つ相手と接近戦をするのは避けたい。

が、そんな甘ったるい願いを尊重してくれる人ではない。

鈴々《リンリン》は、ゆっくりこちらに歩いてきた。

一歩、また一歩。それにともなって、りん、りん、と両耳の鈴が鳴る。鈴の音と、鈴々《リンリン》の足音、そして幽鬼《ユウキ》自身の息遣い。その三つが繰り返すたび、幽鬼《ユウキ》は集中を深くした。不必要な情報は認識から除かれていった。日の傾き始めた空、風に吹かれて揺れる雑木林、道の両端にずらずら並ぶ石の塁——すぐそばにいた玉藻《タマモ》の気配すらも感じられなくなり、鈴々《リンリン》との間合いだけが世界のすべてになった。この刀を拾ってからずっと、今はますます、くっきりと認識できていた射程距離のライン。その内側に鈴々《リンリン》が入ってきて、さらに次の一歩を始めようとした瞬間、

覚悟、と頭の中で言った。

幽鬼《ユウキ》は、前に出た。

その勢いにのせて、上段から切りかかろうとした。

が——しかし、あたかもそれを見計らっていたかのように、鈴々《リンリン》も前に出た。

それだけでもう、間合いをずらされたことでもう、この一振りがうまくいかぬことを幽《ユウ》鬼《キ》は悟ったのだが、あまつさえ鈴々《リンリン》は身を低くし、ナイフを横に構え、その腹にもう片方の手を当ててすらした。ナイフと手刀で十字架を作るような動作——その意味は明らかだった。このまま幽鬼《ユウキ》が斬撃を続行し、剣を振り下ろせば、そのナイフの刃はちょうど刀の柄の位置に来る。労せずして斬撃を止め、さらには刀を握る幽鬼《ユウキ》の指を潰すことになる。

まずい、と幽鬼《ユウキ》は思った。

体が、それこそ脳から近い部位から順々に動いた。首を引き、肩をこわばらせ、踏み出した足で地面を蹴って重心を後ろにやるが、斬撃そのものは中止しなかった。格好だけはさまになっている三日月型の軌跡を描いて、がいん、と情けない音を立ててナイフとぶつかった。重さがのっていないゆえに鈴々《リンリン》を圧倒することはなく、彼女は刀身を横にさばいて踏み込んでこようとした。が、その未来は幽鬼《ユウキ》も承知のことだったので、さらなる後退をしつつ、刀を軽く振り、鈴々《リンリン》の足を一定のラインから後ろにとどめさせた。

そしてまた、さっきの間合いに戻った。

「……っ」

幽鬼《ユウキ》は、吐き出すように息をついた。

どっ、と疲れた。たった数秒だけなのに、全身の機能を隅々まで使わされた感じだ。目の前の鈴々《リンリン》に意識を向け、その両目が閉じたままなのを再確認するまで、幽鬼《ユウキ》は、これが全盲の人間との斬り結びであることをすっかり忘れていた。

鈴々《リンリン》は、ナイフを持たないほうの手を握り開きした。さっきの一撃で、多少はダメージが入っているようだ。

「上手ね、幽鬼《ユウキ》さん」

と彼女は言った。

あなたこそ、と軽口を叩《たた》く余裕が、幽鬼《ユウキ》にはなかった。

「旗色はよくなさそう。ここは一旦、退散させてもらおうかしら」

そう言って彼女は、くるり、と幽鬼《ユウキ》に背を向けた。

敵の前でなんてうかつな――と幽鬼《ユウキ》は一瞬思ったが、その批判が彼女には当てはまらないことに、すぐ気づいた。そもそも前を向いていても見えないのだ。音で世界を認識している彼女にとって、背後とは、手足の回りにくい方面という意味でしかない。

宣言の通り、彼女は歩いて去っていく。

てくてくと、まるで見せつけるかのように。

その後ろ姿を見て、幽鬼《ユウキ》は思う。追うべきだろうか？　鈴々《リンリン》にとって旗色が悪い――ということは、幽鬼《ユウキ》にとって良いということだ。ここが勝負をかけるタイミングではないか？　全盲のプレイヤーの技。もっと見せてもらうべきではないか？

しかし、決心がつかず、幽鬼《ユウキ》は刀を下ろした。鈴々《リンリン》が歩いていくのをただ見送った。

「私たちも行きましょう」と玉藻《タマモ》に言われるまで、体の緊張を解くことができなかった。

（13／28）

それから。

日が暮れるまで、幽鬼《ユウキ》たちは島を探索した。

鈴々《リンリン》の襲撃は怖かったが、携帯を使ってアイテムを探した。刀より扱いやすい得物や、乾パンや水などの備蓄食料、モバイルバッテリーもいくつか入手した。

また、肝心のクリア条件についても進展があった。ボートを発見できた。島の臨海に、ロープで岩にくくりつけられた状態でぷかぷかと浮いていた。鈴々《リンリン》の言っていた通り、スマートキーを使って起動するタイプのもの。デバイスの表示名は〈Ship 001〉だった。キーのほうは〈Key 001〉とでも表示されるのだろうか、と思いつつ、幽鬼《ユウキ》たちはもう片方を探すのだが、それを見つけるよりも早く、太陽が水平線の向こうに消えてしまった。

夜になった。

昼夜逆転生活を送っている幽鬼《ユウキ》にとって、それは慣れ親しんだ時間である。しかし、今夜に限っては、恐怖以外の何者でもなかった。

自分よりも夜に強い人間を、今しがた、相手取っていたからだ。

（14／28）

日中、幽鬼《ユウキ》たちが鈴々《リンリン》と会うことはなかった。

〈わたしのスマートフォン〉が二人の携帯に表示されたり、鈴の音を聞いたりすることは何度かあったが、すべてニアミスに終わっている。再び彼女と対面し、刃《やいば》を交わすことはなかった。

それはなぜか？　二人が逃げを選んだというのも理由のひとつだったが、鈴々《リンリン》が追って来なかったというのもある。なぜ追って来なかったのか？　いつか彼女が言っていたように、〈旗色がよくない〉と考えているのかもしれない。だとすれば、彼女はなにを待っているのか？　彼女にとって最適なコンディションとは一体なんだろうか？

答えは明らかだ。今、このときだ。

夜の時間だ。

全盲のプレイヤー、鈴々《リンリン》。夜は彼女の時間である。目が見えないのだから、光のあるなしは彼女の動作に一切影響を与えない。対して幽鬼《ユウキ》たちは――夜とは長い友達を自負している幽鬼《ユウキ》をしても、日中よりはパフォーマンスを落とすことになる。獲物が弱る状況。鈴々《リンリン》はそれを待っているに違いない――。幽鬼《ユウキ》と玉藻《タマモ》は、昼のうちにその見解を等しくしていた。

なので、いかにして夜をやり過ごすか、というのが目下の課題となった。眠るのは論外。周囲への警戒がおろそかになる以上、探索を続けるのも危険だし、野外にいるのも危険だ。よって、島中に放置された民家のひとつにて、待機することにした。もちろん鈴々《リンリン》もまず初めに探すところだろうが、それなりに軒数があるので夜のうちに全部は回りきれないだろうし、来るとわかっていれば、罠《わな》を張って待ち構えることもできる。そもそも、ろくに防寒具を持っていないので、雨風しのげない場所で待機したくないという事情もあったが、ともあれ。

幽鬼《ユウキ》と玉藻《タマモ》は、民家の一室にて夜明けを待っていた。

むろん、携帯は電源ごと切っている。民家の中からかろうじて発見できた薄汚れた毛布に二人くるまり、最低限のぬくもりを確保。交互に仮眠を挟みつつ、暗闇に潜んだ。

「寒くない？」

「寒いけれど、平気です……」

幽鬼《ユウキ》と玉藻《タマモ》は、小さな声でこしょこしょと会話する。

「明日は、島の西側を探そう。今日と同じペースでいけば、お昼までには全部回れるはずだ」

「そうですね……」

今日一日で、島のおよそ半分を探していた。丸一日あれば見て回れるぐらいの小島ではあったが、島に到着したときすでにお昼過ぎだったこともあり、日没までには全域をカバーできなかったのだ。明日、日の出とともに出発すれば、正午までに探索を完了させられるというのが、幽鬼《ユウキ》の計算だった。

もっとも、たとえ島中を探し切っても、キーが見つかるとは限らないのだが――。

「ときに、もうひとつの目的についてはどうでしょうか？」玉藻《タマモ》が聞いてくる。「鈴々《リンリン》さんの戦術から、得たものはありますか？　本格的にぶつかるのは、まだ先のこと、といった感じではありますけれど」

そうだった、と幽鬼《ユウキ》は思う。つい忘れてしまっていたが、そっちが主目的なのだった。

「そうだなあ……」

いろいろと感じたことはあったが、まだ言葉にまとめてはいなかった。考えをまとめるのにしばらく時間を使ってから、「実際に戦ってみて、とりあえず、思ったことがひとつある」

「はい」

「見えてないからといって、それがマイナスになってる感じはあんまりしない」

「……そうなのですか？」

「うん。見えないとはいえ、聴覚である程度は補ってるわけだしね。正面からウェーイって走っていって、ボコーって殴るわけにはいかないじゃない。それなりの反撃を覚悟しながら、警戒しつつ近づかないといけない。見えてる人に対してするのと同じように」

幽鬼《ユウキ》は続ける。

「で、問題は、どのぐらいの警戒をするのかって話なんだけど……。これがよくわからない。だってさ、音で世界を見てる人の気持ちなんて、私たちにはわかりっこないもの。どこまで細かく認識できて、どこからが認識できないかなんて、見当もつかない。さすがに目で見るのより精度はよくないんだろうけど、どの程度よくないのかが曖昧なんだ。だから、簡単に優位を取らせてはもらえない」

少なくとも、かなりのところまで認識できているのは間違いないようだ。昼に戦ったとき、鈴々《リンリン》は幽鬼《ユウキ》が上段を振るタイミングを完全に見切り、しかもその軌道上にナイフの刀身を合わせてきた。あそこまでされてしまっては、完全に見えているものとして対応せざるを得ない。

「しかも、部分的にいえば、目で見るより感覚が優れている部分もあるね。光情報は前からしか入ってこないけど、音の情報なら全方位から受け取ることができるから」

例えば、昼間の一戦にて、鈴々《リンリン》は幽鬼《ユウキ》に背中を見せた。背後からの強襲が、彼女にとっては不意打ちたり得ないことの証左だ。

「総評としては、本来マイナスであるはずのものを、補って余りある能力を有している。かなりやりづらいな」

「勝算のほうはどうでしょう？　なにか攻略法は見つかりましたか？」

「今のところ、ひとつだけ」

幽鬼《ユウキ》は、右手で鉄砲の形を作った。

「銃撃戦に持ち込めば、有利を取れると思う。あの人、八発も撃ってたのに、こっちには一発も当たらなかったじゃない？　〈久しぶりだから当たらない〉とかなんとか言ってごまかしてたけど、あれはきっとあの人の弱みだ。撃ち合いに持ち込めば勝てる公算が高い」

距離が空けば、音は減衰する。標的が一定以上離れていると、正確な位置を把握できなくなるのだろう。意外にも、接近戦よりも中・長距離戦のほうが鈴々《リンリン》は苦手なのだ。

「なるほど」と玉藻《タマモ》は相槌《あいづち》を打つ。

「あと、ほかにも気になってることがあるんだけど……」

「？　なんでしょうか？」

「いや、それが、自分でもよくわからない。なんか引っかかってる感じがするんだけど……」

それは、鈴々《リンリン》と出会ったときからずっと感じていることでもあった。この状況に、彼女の在り方に、どこか妙なものを感じている。その疑問の先に、模擬ゲームの勝利へと導いてくれるものがあるような気がしていて、だからこそ今日一日、時となく幽鬼《ユウキ》は考えを向けていたのだが、正体はわからずじまいだった。

結局、このときも、答えにはたどり着けなかった。

りん、りんという音が、戸外から聞こえてきた。

（15／28）

鈴虫の声、ではなさそうだった。

鈴々《リンリン》が来たのだ。夜になると、いっそうわかりやすい。彼女ほどではないにしろ、こちらも聴覚が鋭敏になるからだ。

幽鬼《ユウキ》たちは聞き耳を立てた。りん、りんと、一定のペースで音が続く。家の周りを歩いている——ものと思われる。人の入った形跡があるか、探っているのだろう。

一周したところで、鈴の音が途切れた。

そして、襖《ふすま》を開ける音がした。

入ってきたのだ。縁側から。幽鬼《ユウキ》たちは毛布を抜け、銃を手に取った。幽鬼《ユウキ》のは自動式拳銃で、玉藻《タマモ》のはリボルバー。鈴々《リンリン》の弱点は銃撃戦ということだったので、メインの武器としてはそれを用いる方針だったが、ほかにも、動くのに邪魔にならない範囲で持てるだけの装備を持った。

さて——選択肢はふたつである。迎え撃つか、逃げるか。昼のうちは交戦を避けていた幽鬼《ユウキ》だったが、今回は前者を選ぶことに決めた。夜という時間帯の不利があるとはいえ、この民家なら地の利はこちらにあるからだ。幽鬼《ユウキ》の考えが正しければ、彼女を倒さず、この模擬ゲームを終えることはできない。ここが勝負時だ、と覚悟を決める。

「今のうちに逃げろ」

幽鬼《ユウキ》は、玉藻《タマモ》に指示した。

「静かに、この家から離れるんだ。明日の朝、例のボートの前で落ち合おう」

「かしこまりました。ご健闘、心よりお祈り申し上げます」

玉藻《タマモ》は一礼し、鈴の音が聞こえてくるのと逆方向から部屋を出た。忍び足を使っていたので、すぐに、その足音も気配も感じられなくなった。

玉藻《タマモ》を逃がしたところで、幽鬼《ユウキ》は改めて聞き耳を立てた。鈴の音は、いまだ聞こえる。さっきよりも音が大きくなっていて、この部屋に近づいているのがわかる。

幽鬼《ユウキ》たちが発見したアイテムの中にはトラップのキットもあった。ボウガン、トラバサミ、ワイヤーなどなど、仕掛けられる限り仕掛けてある。縁側からこの部屋に至るまでにいくつか通りがかるはずだが、あまり多くの期待を寄せてはいなかった。このぐらいで御することのできる相手なら苦労はない。

よって、鈴々《リンリン》と戦闘をする前提で幽鬼《ユウキ》はものを考えていた。その最初の一ステップ、決戦の火蓋を切る彼女の行動がなんであるか、すでに幽鬼《ユウキ》は予測がついていた。目の見えない人間が、室内の戦いで最初に放つ一手。おそらく、あれだ。根拠はないが自信があった。こういうときの直感に幽鬼《ユウキ》は自信がある。鈴々《リンリン》が音による世界の見方を習得しているように、幽鬼《ユウキ》にもこれまでのプレイヤー経験で培ってきた認知体系があるのだ。だから、鈴の音が部屋の近くまで迫ったとき、幽鬼《ユウキ》は、部屋にあったタンスの裏に身を隠した。これまた島の中から見つけてきたゴーグルで両目を覆い、何重にも重ねた毛布を両耳に強く当てた。聴覚はほとんど完全に失われたが、畳を通じて伝わってくる振動から、部屋の襖《ふすま》が軽く開いたことと、そこから何物かが投げ入れられたことがわかった。

まもなく、空間が光と音で満ちた。

（16／28）

イヤーマフを外して、鈴々《リンリン》は部屋に踏み込んだ。

走りながら、バタフライナイフを展開した。幽鬼《ユウキ》がこの部屋に潜んでいること、タンスの裏に隠れていることはすでに把握済みだった。先ほどの一発――閃光《せんこう》弾によって見当識は失われているはずなので、その無抵抗な首にナイフを突き刺せば、鈴々《リンリン》の仕事は完了する――。

――はずだった。

しかし、部屋の中から感じた殺気に、未来図は修正を余儀なくされた。

鈴々《リンリン》は廊下に戻った。部屋からの射線が通らぬ位置に身を隠した一瞬後、銃声と、弾が襖《ふすま》を突き抜けてきたことを認識した。ほんの少し回避行動が遅れていたら、その弾はきっと、鈴々《リンリン》の体を貫いていたことだろう。

うふふ、と鈴々《リンリン》は笑った。

「幽鬼《ユウキ》さん――起きているのね？」

そして、問いかけた。一呼吸分ぐらいの時間を空けて、

「予測してましたからね。防御しました」

と返事が戻ってくる。

鈴々《リンリン》の体を、ぶるぶるという振動が襲った。所持品が震えているのだ。鈴々《リンリン》はポケットに手を差し入れ、振動の発生源がそれであることを確認した。

スマートキーだった。

同じぐらいの大きさをした、キーホルダーがついている。アイテムに取り付けてあるタグだ。厳密にいえば、振動を発していたのはこっちのほう。それがバイブを鳴らすのは、機器とのペアリングを果たしたときだけである。もちろん、鈴々《リンリン》は、その操作をしていないことを自分自身で知っているので、犯人は一人に限定される。

「やっぱり、もう、キーを回収しているんですね」

幽鬼《ユウキ》が言った。「ええ」と鈴々《リンリン》は答えた。

日没の少し前に、電柱に引っかかっているのを発見した。このキーを海に捨ててしまったり、破壊してしまったりするとゲームの体《てい》を成さなくなるのでよろしくないが、回収して我が身に加えておくぐらいのことは、許容範囲だろう。

「私を倒さないと、クリアはできないわよ」

「……そのようですね」

彼女が拳銃を構えたことが、音を聞くまでもなく、わかった。

鈴々《リンリン》は心昂《たかぶ》らせた。このシチュエーションをずっと、心音《ココネ》から連絡をもらったときからずっと、鈴々《リンリン》は想像していた。未来ある若人と、自分の手の内を全部晒《さら》して戦う。若い吸収力にすべての技術をあっさりと盗まれて、そして、最後には――。

「玉藻《タマモ》さんがいないわね？」

鈴々《リンリン》は言葉による駆け引きを試みた。

「タンスの中にでも潜んでいるのかしら？　それとも別の部屋にいるとか？　なにを企《たくら》んでいるのでしょう？　ふふ、楽しみね……」

「……？　なにを言ってるんです？」

が、幽鬼《ユウキ》はそう答えた。

「彼女なら、とっくに逃がしましたよ」

「……え?」

「この戦いは、私個人のためのものです。彼女は関係ないですから……。巻き込んで死なせちゃ、まずいですからね」

「…………」

おやおや、と鈴々《リンリン》は思った。どうやらまだ、彼女は心の底まで真剣ではないらしい。そんなことをされては、こちらもそれなりの手を打つしかなくなるではないか。

「逃がした? 死なせたくないから?」鈴々《リンリン》は聞いた。

「……なにかおかしいですか?」幽鬼《ユウキ》は聞き返してきた。

「ばかね、幽鬼《ユウキ》さん」

鈴々《リンリン》は失笑しながら言った。

「死なせたくないのなら、そばに置いておかなくちゃだめよ」

二個目の閃光弾を取り出し、そのピンを抜いた。


（17／28）

二個目の閃光《せんこう》弾が、畳に転がる音が聞こえた。

幽鬼《ユウキ》は、急いで防御姿勢を取った。あたかも時間が逆向きになったかのように、拳銃を置き、ゴーグルを下ろし、そして毛布で両耳を覆った。

爆音と閃光が、瞬間、幽鬼《ユウキ》を襲った。

一瞬が過ぎた。毛布を拳銃に持ち替えつつ、幽鬼《ユウキ》は部屋の外の様子を探った。

しかし――鈴々《リンリン》の気配は認められなかった。

「な……!?」

幽鬼《ユウキ》は耳を澄ました。遠のいていく足音と、遠のいていく鈴の音が聞こえた。鈴々《リンリン》が遠のいているということだ。でも、どうして？　なんのつもりだ？　幽鬼《ユウキ》はここにいるというのに――。

数秒前の会話を、幽鬼《ユウキ》は思い出す。

鈴々《リンリン》は、玉藻《タマモ》を追いかけに行ったのだ。

その事実が幽鬼《ユウキ》の足を部屋の外に向かわせた。鈴々《リンリン》の足音を追い、廊下を走り、民家を出た。街灯ひとつ存在していない深夜の離島――全盲のプレイヤーを相手に出歩くのは危険であると判断したはずのその領域に、幽鬼《ユウキ》は足を踏み入れた。

もとい、踏み入れざるを得なくなった。

庭のほうから聞こえてくる鈴々《リンリン》の足音を追いつつ、幽鬼《ユウキ》は考える。まさか——そんな——玉藻《タマモ》のほうを狙ってくるなんて。戦法としては理解できる。二手に分かれたなら、弱いほうから叩《たた》くのがセオリーだ。室内で待ち構えている幽鬼《ユウキ》より、野外の玉藻《タマモ》を狙うほうがたやすくもあろう。弟子の身柄を守るべく、幽鬼《ユウキ》を戸外に引き摺《ず》り出すことができるという効果もある。さまざまな利得をいっぺんに得られるいい手だ。

だが、実際にそれを選んでくるとは思っていなかった。まだ、心のどこかで、本当のゲームとは違うという考えがあったのだと思う。玉藻《タマモ》はあくまで幽鬼《ユウキ》の同伴者であり、巻き込まれた立場であり、当然、鈴々《リンリン》の標的には含まれていないものと——。今このときをもって、幽鬼《ユウキ》は思い知る。彼女は本気だ。混じりっけのない、これは実戦だ。

そんなことを考えながら、幽鬼《ユウキ》は、道脇に作られた階段を降りた。

田舎道に特有の、細い階段だ。両足を細かく動かして高速で降り、最後の数段はジャンプで飛ばして、ひとつ下の道路に着地した。

が——それが失策であることに、遅れて気づいた。

暗闇の中から、射撃音が聞こえてきた。

とっさに、幽鬼《ユウキ》は膝をかがめた。昼間と同じ状況だ。音で世界を把握している鈴々《リンリン》は、遠くの標的に正確な狙いをつけることができない——。

しかし、その結果は昼間と違っていた。

連続する銃声の半分ほどの数が、当たった。うち一発は足を貫いたようで、幽鬼《ユウキ》はその場に転ぶに至った。「が、あ――」と叫びそうになるのを、必死にこらえた。

「優しいのね、幽鬼《ユウキ》さん」

弾丸が飛んできたのと同じ方向から、声がした。

鈴の音と、足音が続いた。かろうじて幽鬼《ユウキ》の肉眼で確認できる距離に、鈴々《リンリン》の姿が見えた。

「でも、よくないわね。お弟子さんのことが心配だったのはわかるけれど、その〈音〉だけは努めて避けるべきだったわ。私じゃなくても、あなたの位置がわかるもの」

そうか――と幽鬼《ユウキ》は気づく。階段を降りる音が途切れたのなら、その瞬間、ターゲットは階段の登り口にいるということになる。居場所が一箇所に確定するのだ。音の聞こえる方角のみでは情報として不十分だが、音の性質からその位置を把握できる。

幽鬼《ユウキ》の座標を確定させる〈音〉。鈴々《リンリン》はそれを狙っていたのだ。

玉藻《タマモ》を追いかけに行ったのは、この音を誘うためのハッタリだったのだろうか？　それとも、幽鬼《ユウキ》が誘いに乗らなければ、そのときはやはり玉藻《タマモ》を殺しに行くつもりだった？

なんにせよ、どちらに転んでもおいしい一手だ。まんまと、やられた。

「どうしたものかしらね」と鈴々《リンリン》は言う。

「いかに〈実戦〉といっても、これ以上続けるのは趣旨に反するかしら。本当に殺したんじゃあ、ここまでやった甲斐《かい》がないものね」

　希望の仄見《ほのみ》える発言だったが、「でも」と鈴々《リンリン》は続けた。

「さっきのを見せられると、このまま殺してしまおうか、という気もしてくるわね。どうせ生かしておいても、遅かれ早かれ同じ結果になるでしょうし……」

　ぶわり、と殺気が漂ってくるのを、幽鬼《ユウキ》は感じた。

「そうね。やっぱり、殺してしまいましょうか」

　まずい、と幽鬼《ユウキ》は思う。この人、本当にやる気だ。

〈防腐処理〉のおかげで血は止まっている。まだ動けはするし、拳銃を握るだけならできなくはない。しかし、反動を支えられないこの姿勢で、まともに当てるのは難しかろう。銃撃戦を挑んだとて、優位はすでにひるがえっている。

　それでもやるしかないか、と思い、幽鬼《ユウキ》は銃を構えようとしたが――。

　そのとき、前方ではない方向から、銃声がとどろいた。

（18／28）

撃たれた、と一瞬思った。幽鬼《ユウキ》はびくついた。

だが、心配とは裏腹に、体が痛みの報告をしてくることはなかった。当たらなかった――というわけではない。そもそも、幽鬼《ユウキ》を狙った一発ではなかった。発砲音も、銃口の光も、道路脇の雑木林の中から生じていた。彼女が撃ったのではない。

もちろん、幽鬼《ユウキ》が撃ったのではない。となれば残る候補は一人しかいなかった。

「動くな！」

玉藻《タマモ》の声が暗闇に響いた。

「銃を捨てろ！　すぐにここから立ち去りなさい！」

動くのか動かないのかどっちなんだ、と幽鬼《ユウキ》は思った。きっと、こういう場面には不慣れなのだろう。それでも、やろうとしていることはわかったし、ありがたかった。

助太刀参上してくれたのだ。銃声を聞いて、戻ってきたらしい。

闇の中で、鈴々《リンリン》の影が動いた。銃を構えたのだろう。しかし――彼女は発砲しなかった。玉藻《タマモ》の位置をはっきりとは特定できていないようだ。昼間の一戦ではその状態でもばかすか撃っていた鈴々《リンリン》だったが、時刻が夜となれば、同じようにするのは危険である。発砲に伴う火薬の光で、自分自身の居場所を教えてしまうことになるからだ。

やがて、幽鬼《ユウキ》の目の前から気配が消えた。

鈴々《リンリン》が、去ったのだ。

「……幽鬼《ユウキ》さん！」

そのことを玉藻《タマモ》も感じ取ったらしく、幽鬼《ユウキ》の名を呼ぶ。こちらに駆け寄ろうとする足音が聞こえたが、

「来るな！」

幽鬼《ユウキ》は頑張って声を張った。

「私のほうから、行くから……」

言って、玉藻《タマモ》のいると思《おぼ》しき方角——火薬の燃焼が見えた方角へ、幽鬼《ユウキ》は這《は》いずった。

師匠としてのプライドがそうさせたのではなく、鈴々《リンリン》を警戒してのことだ。彼女がまだ息を潜めている可能性を考慮したのだ。

石垣を越えて、幽鬼《ユウキ》は雑木林に分け入った。片足を痛めていたが、木々で体重を支えつつなんとか進んだ。すぐに玉藻《タマモ》と合流することができた。幽鬼《ユウキ》の姿を間近に見て、その負傷を把握したらしい玉藻《タマモ》が、「……お怪我《けが》の具合は？」と聞いてきた。

「動けないってほどじゃあないな……」と幽鬼《ユウキ》は答えた。

玉藻《タマモ》に肩を貸してもらいつつ、幽鬼《ユウキ》は移動した。林を抜けて、道路を歩き、とにかく遠

くに逃げる。痛みのおかげで鋭敏になっている感覚を利用して周囲を探るが、鈴々《リンリン》の気配も、鈴の音も感知できなかった。ひとまずは引いてくれたようだ。問題のある〈音〉を出さぬよう幽鬼《ユウキ》たちが警戒しているため、攻めるにたやすくないのだろう。

幽鬼《ユウキ》は玉藻《タマモ》に目を向けた。肩を貸されている現状、見えるのは横顔だった。横顔もかわいい。助けに来た甲斐《かい》があるというものだ。いや——結果的には逆に助けられる形になったわけで、そこは事実と言えないかもしれないが、少なくとも彼女の身を案じ、民家を飛び出したところまでは事実だ。弟子にしてまだ間もない彼女であるが、自分でも意外なぐらい、大切に思っているらしい。

思ってしまっている、らしい。

調子狂うな、と思う。状況としては明らかにゲームなのに、本物のゲームではない。プレイヤーとしての判断を下すことができない。これがもし本物だったら、玉藻《タマモ》を見捨てるという選択もできたのだろうが、今の幽鬼《ユウキ》にそれは不可能だった。

——優しいのね、幽鬼《ユウキ》さん。

鈴々《リンリン》の言葉が、今も耳に残っていた。

ご指摘の通りだった。玉藻《タマモ》のことはともかくとして、まだ自分は真剣じゃないのだと思う。学ぼうとする態度ではないのかもしれない。全盲のプレイヤーの技術——本気で習得したいのなら、もっと真剣になるべきなのかもしれない。

自身が命を落とす事態すらも想定している、と鈴々《リンリン》は言っていた。

ならば、幽鬼《ユウキ》も相応の気合いをもって臨むべきだ——。

「……ん？」

と、そこで。

幽鬼《ユウキ》の脳内で、火花が散ったような気がした。

つながった。シナプスというのだろうかニューロンというのだろうか、脳内のとある部位が連続で発火する感覚。ここのところ幽鬼《ユウキ》を不可解がらせていたものが、心に引っかかっていたものの正体が、わかった。

早速、言葉にする。「そういや、あの人、なんで引退したんだ？」

「え？」

玉藻《タマモ》がこっちを見た。「あの人、元プレイヤーなわけでしょう？」と幽鬼《ユウキ》は説明を足す。

「今現在は、もうプレイヤーじゃないわけで。一体なんで辞めちゃったんだろう、と思って……」

「それは、だって……視力が……」

そこまで言って、玉藻《タマモ》も気づいたようだった。

そう。それは引退の原因ではありえない。視力というわかりやすいディスアドバンテージがあるせいで、なんとなくそれと引退の事実とが結びついていたが、よく考えてみればあの人は、視力をなくしたあともプレイヤーを続けていたのだ。前線をしりぞいた理由は、別のところにある。

「ちょっとやそっとで、辞めるような人じゃなさそうなんだけどな……」幽鬼《ユウキ》は言う。

仁実《ひとみ》や錐原《キリハラ》、幽鬼《ユウキ》の師匠だった白士《ハクシ》もそうであるように、プレイヤーを引退する者は珍しくない。怪我《けが》をしてやむなくという場合もあれば、〈三十の壁〉を目前にして腰が引けたという場合もある。幽鬼《ユウキ》のように〈死ぬまで続ける〉と決めているプレイヤーのほうが、むしろ少数派である。いかれた世界においても、さらにとびきりいかれた連中。

そして幽鬼《ユウキ》の見たところ、鈴々《リンリン》は確実にそっち側の人間だった。根っからのプレイヤー気質。典型的な〈死ぬまで続ける〉タイプの人だ。目が見えなくなっても続けていたぐらいなのだから、よほどの事情がない限り、辞めるとは思えない。

だがしかし、現に鈴々《リンリン》は辞めている。

死にぞこなったその肢体を、幽鬼《ユウキ》たちに見せつけている。

どういうことなのだろう？　考えうるケースは一体なんだろう？

「……もしかしたら」

幽鬼《ユウキ》は、つぶやいた。
心の中に、確かな手ごたえを感じていた。

（19／28）

島の外れの、打ち捨てられた民家。
その一軒で、調達屋は待機していた。

（20／28）

男の仕事は、調達屋という。
少女たちの悲痛を見世物にするゲームの世界――その周辺業界に位置している。義体職人や、錐原《キリハラ》のような刺青《いれずみ》の彫り師などと同じ、プレイヤーの財布を狙う人物の一人だ。
その仕事は、名の通り、求められた品物を〈調達〉すること。季節外れの果物から、新しい戸籍まで、品目は問わないというのが男の売りだったが、とはいえ立場上、非合法なものを頼まれることが多かった。今回の場合、依頼人は元プレイヤーにして、かねてから調達屋の知人だった鈴々《リンリン》という人物。要望の品物は、模擬ゲームを成立させるための離島と、そこにばらまいておくアイテムの数々。そして――鈴々《リンリン》を手伝ってくれる、〈協力者〉としての調達屋の存在である。

　そういうわけで、調達屋自身も、模擬ゲームの舞台たるこの島にいた。

島の外れの、打ち捨てられた民家のひとつにて待機していた。

　薄暗い部屋だった。照明はついていなかったし、わずかに開いた襖《ふすま》から差し込んでくる明かりの量も少ない。現時刻が日の出前だからだ。しかしながら、畳に座っている調達屋の姿は、明るく照らされていた。男の前に置かれているモニターが、光の発生源だった。

　モニターには、島の映像が映っている。カメラの映像をリアルタイムで受け取っており、であれば本来は、夜明け前の薄暗い景色が映っているはずなのだが、暗視モードの補正がかかっているため、あたかも昼間のように見えた。モニターの上部からはアンテナが二本突っ立っている。ネット環境を要求しない、カメラと自力で無線通信するタイプのものだ。

　映像は、今このときも動いていた。カメラが動いているためだ。鈴々《リンリン》の衣服のボタンにカモフラージュする形で取り付けられており、彼女の見ている映像を――もとい――彼女の視力が健常なら見られたはずの映像を、調達屋に絶えず送っている。小型のものゆえ、目の近くで観察しない限り気づけないし、カメラがあるのを疑うこと自体難しいだろう。

見えないはずの鈴々《リンリン》に、カメラなんて品物はイメージにそぐわないからだ。

監視カメラと、それを通じて映像を観《み》る〈観客〉――〈ゲーム〉にはつきものの存在だが、この模擬ゲームにおいては違う役割を担っている。鈴々《リンリン》の望む〈ハッタリ〉を実現するため、彼女のついている大嘘《おおうそ》の手伝いをするため、調達屋ならびにすべてのものはここにある。

全盲のプレイヤー、鈴々《リンリン》。

誰が思うだろうか？

彼女が、見えていないだけでなく、耳も聞こえていないだなんて。

（21／28）

厳密なことをいえば、まったく聞こえていないわけではない。

もしそうなら、この大嘘を成立させることすらできない。左耳のほうは完全に失聴していたが、右耳については、補聴器を伴うことで一定の聴力を得ている。ただし、プレイヤーとして活動するのに不可欠な能力――反響音から周囲環境を探る力は、もはや望めなくなっていた。

鈴々《リンリン》が聴力を失ったのは、視力を失ってからおよそ一年後のことだった。

全盲のプレイヤーとして、多少名前が知られるようになってきた時期のことだ。その時点で彼女は、プレイヤーの登録を抹消された。それはそうだろう。目も見えない、耳も聞こえない、そんな人間をゲームに参加させてなんになる？　非人道的組織の急先鋒《きゅうせんぽう》たる運営でも、そう感じるぐらいの常識はあったらしい。鈴々《リンリン》本人は続行を望んでいたようだが、運営側から参加を認めてもらえなくなった。あとに残ったのは、視力聴力のみならず、プレイヤーの志さえも奪われた人間がただ一人。

そのいきさつゆえ、現役時代とはまったく違う方法で、彼女は世界を認識している。具体的には、鈴々《リンリン》の服のボタンに仕込んだ小型カメラで前方の景色を受信。映像を一旦調達屋が受け取り、鈴々《リンリン》のふところにしまわれたトランシーバーに逐一指示を送る。そのトランシーバーは鈴々《リンリン》の右耳に装着された補聴器機能付きイヤホンと無線接続しているので、調達屋の言葉が彼女の耳に届く。音は音でも、彼女が聞いているのは〈反響音〉ではなく〈言葉〉だ。あたかも小説を読むかのように、鈴々《リンリン》は言葉による情報で世界を把握している。

いや――〈把握〉なんていいものではないだろう。直接見聞きするのに比べて、言葉による情報伝達はひどく不便だ。実際、いつ終わってもおかしくない、きわどい場面の連続だった。鈴々《リンリン》の髪で補聴器の存在自体は隠せたものの、昼間、幽鬼《ユウキ》と斬り合ったときには、彼女が刀を持っていることと大まかな間合いしか伝えることはできなかったし、その後鈴々《リンリン》が背中を見せながら立ち去ったのは完全なるハッタリだ。後ろから襲われていたら、あっさりやられていたことだろう。深夜の二回戦目にしたって、民家に仕掛けられたトラップをかわしたのはほとんど彼女の勘によるものだったし、玉藻《タマモ》を追うと見せかけたのは完全なる大嘘《おおうそ》であり、転びもぶつかりもせずにあれほどの長距離を疾走できたのは奇跡の所業だ。あまりにも不足している情報を、プレイヤー時代の直感とクソ度胸で補っている。それが、自称・全盲のプレイヤーの真実だった。

　要するに、すべて虚飾なのだ。

　むろん、悪意あってこの大嘘をついているわけではない。鈴々《リンリン》の振る舞いにひとつだけ真実を見るとすれば、それは、幽鬼《ユウキ》に自分の全技術を伝えようという心意気だろう。現役時代の技術を擬似的に再現するとともに、ハンデのあるプレイヤーには必須の、ハッタリの作法を披露している。まぎれもなく、彼女は本気でやっている。

　文字通り、死ぬ気でやっている。

　久しぶりに鈴々《リンリン》から連絡をもらったとき、調達屋はたいそう驚いた。プレイヤーを辞めて以来、抜け殻になっていたはずの彼女が、まるで昔に戻ったかのように明るくなっていたからだ。詳しく話をうかがったところ、どうやら彼女は、自分と同じく視力の問題を抱えているプレイヤー——幽鬼《ユウキ》に、その技術を伝えることを求められているらしい。まだ会ってすらもいないようだったが、鈴々《リンリン》は幽鬼《ユウキ》に強い共感を示していた。妥協なしでやりたいから、ぜひ協力してほしい、と熱っぽく語ってきた。

たぶん死ぬつもりなんだな、と調達屋はなんとなく思った。

自分のすべてを後世に伝え、そして、その上で殺してもらう。

それが、今の彼女に見出《みいだ》せる、唯一の希望なのだ。

ゲームの世界において、それは数多く行われてきたことである。なにもおかしなことではない。長年生き残ってきた人物——それも鈴々《リンリン》のようなレアなスキルホルダーが、その技術を途絶えさせてしまうのは世界にとって損失だろう。元プレイヤーの彼女にとって、すすんで命を擲《なげう》つのもなんてことはないはずだ。

でも、なにかおかしいな、と調達屋は思ってもいる。希望は希望でも、それはちょっと変な種類の希望ではないか。たとえるなら、過酷な強制労働に耐えかねた奴隷が、いちかばちか銃器を携えた看守の群れに突っ込んでいくかのような——そんな種類の希望ではないのか。楽になるための希望ではあるまいか。自暴自棄のお隣に住んでいる希望ではなかろうか。

言いたいことが、ないでもなかった。

けれども、調達屋は鈴々《リンリン》を止めなかった。彼女の要望通り、舞台を整え、現在進行形で彼女に手を貸している。

「……一体、どうなっちまうのかね……」

調達屋がぽつりとつぶやいた、その直後のことだった。

がらがらと、玄関の戸が開く音が聞こえた。

誰か入ってきたのだ。乱暴に音を立てながら侵入者は廊下を歩き、だん、だん、だん、だんと、片っ端から襖《ふすま》を開けた。調達屋のいる部屋にもその行為は及んだ。壁に当たって二割ぐらい跳ね返ってくるほど勢いよく、襖が開け放たれた。

そこにいたのは——鈴々《リンリン》ではなかった。

（22／28）

鈴々《リンリン》は、石垣にぶつかった。

（23／28）

「おっ……と」

前につんのめった。鈴々《リンリン》は、石垣につかまって体を支えた。

曲がり角にぶつかってしまったようだ。反響音など本当は聞いておらず、前方が見えていない鈴々《リンリン》なので、歩いていればそういうこともある。

でも、どうしたことだろう、と鈴々《リンリン》は思った。普通なら、こうなる前に調達屋が指示してくれるはずなのだが。カメラが壊れた？　それとも疲れて寝ているのだろうか？　夜通し歩き回っているのだから、無理もない。鈴々《リンリン》たちプレイヤーにとって一晩徹夜するぐらいはよくあることだが、調達屋は一般人だ。寝落ちしてもおかしくはない。

だとしたら起こしてやるか、と思い、鈴々《リンリン》はトランシーバーを取り出した。向こうから指示を受け取るばかりでなく、こちらから発信することも、当然、できるようにしてあった。

「もしもし」と鈴々《リンリン》は調達屋に呼びかけた。

しかし、返事はなかった。

「ちょっと。寝ているの……？」

再度呼びかけるのだが、返事はない。

しょうがないな、と鈴々《リンリン》は思った。調達屋のいる民家に直接出向いてやることにした。

鈴々《リンリン》はトランシーバーをしまい、警棒に持ち替えた。最大まで引き伸ばせば、六十センチ超にも達する金属の棒である。武器として使用するのではなく、もしものときに杖《つえ》代わりとして使用するため、持ち歩いていた。杖にしては微妙に長さが足りなかったので、その微妙な分だけ鈴々《リンリン》は不満を感じつつも、警棒で地面を叩《たた》きながら移動を始めた。

幸い、自分が例の民家の近くにいることを鈴々《リンリン》は覚えていた。一昨日、島に上陸した際、その地形をだいたい頭に入れてはいたし、自分が島のどこにいるのか、常に意識して行動するようにしていた。調達屋の指示がなくとも——時間と見栄えさえ気にしなければ——自力で移動することはできなくもない。

十分そこらで、民家の前に着いた。

石垣の塀を越えて、庭を過ぎ、玄関に。扉の取っ手をつかもうとした。

しかし、鈴々《リンリン》の手は宙をつかんだ。

扉が、すでに開いていたのだ。

「…………」

直感がはたらいた。鈴々《リンリン》は一息ついてから、言った。

「……いるのね？　幽鬼《ユウキ》さん」

背後から、足音が聞こえた。

（24／28）

鈴々《リンリン》の引退の原因——その疑問に思い至って以来、幽鬼《ユウキ》と玉藻《タマモ》は島の探索を再開した。いるとすれば、島の中にいるはずだと思ったからだ。

全盲でありながら、聴覚を利用してプレイヤーを続けていた人物。それが引退するとなれば、原因は聴覚の喪失にしかありえない。体面上は普通に振る舞っていたことからして、裏で指示を出している協力者がいるはずだという推理になった。電波の通らぬこの土地なので、きっと島の中にいるはずだと見当をつけ、片っ端から民家を探した。

果たして、夜明け前に調達屋を発見し、トランシーバーを奪うことができた。その時点で鈴々《リンリン》に報告してやることもできたが、彼女を待ち構えることに決めた。調達屋から一通りの事情は聞き出していたものの、それが果たして真実なのか、この目で確かめたかったからだ。

鈴々《リンリン》が警棒を杖にしてやってきたとき、幽鬼《ユウキ》はなんともいえない気持ちになった。幽鬼《ユウキ》が石垣に座り待っていたことにも気づかず、鈴々《リンリン》が民家に直行したことで、その事実はますます明らかになった。本当にこの人は――。

「……おはようございます、鈴々《リンリン》さん」

幽鬼《ユウキ》は言った。「おはよう」と鈴々《リンリン》は答える。

「耳も悪くされていたんですね、鈴々《リンリン》さん」

「ええ」と鈴々《リンリン》は認めて、右耳にかかっていた髪をかき上げた。さらに、彼女が左方向に首を回したことで、ほとんど耳の中に埋まるタイプのイヤホンが、ようやくあらわになった。あれが補聴器か――。

「すでにもう、彼には会ったのでしょう？」首と髪を戻しつつ、鈴々《リンリン》は言う。

「はい。全部、事情は聞きました」

聴力の経過も、補う仕組みも、その心境も、なにもかも。

「電波でアイテムを探すゲームシステムにしたのは、このためですか？　外からアイテムのあるなしがわかるんだったら、民家の中まで探したりしませんものね。普通にゲームを進めていたら、協力者の存在には気づけない」

「ええ。そうね。私じゃなく彼の発案だけれど」

「……ずっと、見せかけられてたんですね」

答えはなかった。鈴々《リンリン》は笑みを作った。文句のつけようがないほど、それは、プレイヤーの表情だった。

「ずるいと言うかしら？」

「まさか」

　本当に聴こえる人を相手にするほうが、よっぽどしんどいだろう。

「昨日、〈ハッタリも重要な技術〉とおっしゃってましたよね。意味がよくわかりました。こちらが見えない分、相手にも目くらましをしてやるわけだ……」

「いい表現ね」と鈴々《リンリン》。「今回の場合は〈聴こえてる振り〉をしたわけだけれど、視覚でも聴覚でも、エッセンスは同じよ。たたみかけるように虚実を交えて、わけがわからなくさせるのがコツね」

「勉強になりました」

「ところで、さっきからなぜか過去形ね。〈わかりました〉〈なりました〉……。終わったみたいに言うの、やめてもらえるかしら？」

　思いもよらぬことを言われた。「……まだやる気なんですか？」と幽鬼《ユウキ》は聞く。

「当然よ。私からキーを奪わない限り、ゲームは終わらないわ」

　鈴々《リンリン》は警棒を捨てた。代わりに、拳銃を握った。

「調達屋さんは、玉藻《タマモ》が拘束しています」幽鬼《ユウキ》は言う。「鈴々《リンリン》さんは指示を受けられない。

勝ち目はありません」

「だからなに？　やめる理由にはならないわ」

「もう十分、勉強させてもらいました。これ以上続ける意味はありません」

「彼から事情を聞いたのでしょう？　だったら、どうしたらいいかわかっているでしょうに」

「鈴々《リンリン》さんを殺すつもりはないです」

「虫のいい話ね」

鈴々《リンリン》は、一歩、こちらに寄ってきた。

「一方的にもらっておいて、私の望みは叶《かな》えてくれないのね」

「……いや、だって……そんなの聞いてませんよ、私は！」

「なにをためらうことがあるの？　プレイヤーなら、このぐらいなんてことないじゃない」

「こんなことしても意味がない」

「意味？　なにそれ？　あなただって、いつ死んでもいいと思っているくせに……」

「私は最善を尽くして、その結果死にたいんです。ただ死ねればいいんじゃない！　鈴々《リンリン》さんの自殺幇助《ほうじょ》をするつもりはありません！」

言ったあとで、言葉が過ぎた、と幽鬼《ユウキ》は気づいた。

だが、鈴々《リンリン》が失言を責めてくることはなかった。ただうっすらと微笑《ほほえ》むばかり。その表情を崩さぬまま、彼女は言葉を返した。

「私にはもう、最善を尽くす権利もないのよ」

服のポケットから、スマートキーを出した。

「どうしてもやりたくないのなら……こうすればわかりやすいかしら？」

鈴々《リンリン》は右手でキーを掲げた。このゲームのまさしくキーアイテムであるそれを、この島からの唯一の脱出手段であるそれを顔の上に持っていって、
そして、大口を開けた。

「……！」

幽鬼《ユウキ》の体が動いた。


（25／28）


自分でも惚《ほ》れ惚《ぼ》れしてしまうぐらい、流れるような動作だった。

ほとんど意識もしないうちに、銃を抜き、セイフティを外し、鈴々《リンリン》に向かって構えてい

た。二発の弾丸があっという間に飛んでいった。一発は鈴々《リンリン》の右手首、もう一発は鈴々《リンリン》の右手を撃ち抜き、握力から解放されたスマートキーが地面に落下した。

　鮮血が、辺りに舞った。

「っ……」

　それを見て、幽鬼《ユウキ》の意識は現世に帰ってきた。

　プレイヤーを辞めて久しい鈴々《リンリン》の体に〈防腐処理〉は施されていない。血液が白いもこもこに変わることもなければ、それが出血を止めてくれたりもしない。赤いやつが、ぼたぼたとこぼれるだけだ。

　鈴々《リンリン》は右手を押さえる。それでも彼女は、うふふ、と笑みを崩さない。

「一瞬だけど気配が冷たくなったわね、幽鬼《ユウキ》さん。その調子よ……」

　幽鬼《ユウキ》は答えなかった。引き続き、鈴々《リンリン》に銃口を合わせた。

　昨晩の戦いで、幽鬼《ユウキ》は片足を痛めている。二足歩行はままならない。鈴々《リンリン》が見えてないのをいいことに、ちょっと行ってキーを拾ってまた逃げる、なんてわけにはいかない。彼女を一旦無力化してから、ゆっくりキーを拾いに行きたいところだ。

　しかし、あの鮮血を見てしまうと、幽鬼《ユウキ》の意志は鈍った。〈防腐処理〉がない生身の肉体となると、撃ちすぎると本当に殺してしまうかもしれない。人の生死に多く携わる職業でありながら、意外にも、幽鬼《ユウキ》は一般人の致命傷の基準を知らない。果たしてどこまでやっていいのか——。

幽鬼《ユウキ》が迷っているうちに、鈴々《リンリン》が動いた。

残る左手に銃を持ち、幽鬼《ユウキ》へと向けた。

その照準は、なぜか、ぴったり幽鬼《ユウキ》に定まっていた。

発砲音よりも早いか遅いかのタイミングで幽鬼《ユウキ》は石垣に隠れた。自分の体を確かめた。当たっては、いない。昨日撃たれた箇所以外の銃創はなかった。しかし、おそらく、しゃがまなければ脳天を貫かれていただろうという確信があった。

そのまま石垣に身を潜めていると、足音が聞こえた。

鈴々《リンリン》がこっちに来ている。片手を怪我《けが》しているゆえ警棒の杖《つえ》は使っていないのだろう、一歩一歩、慎重な足取りで進んでいるようだった。

幽鬼《ユウキ》は静かに動いた。石垣を乗り越え、民家の庭側に着地した。音は立てなかった——と思う。少なくとも鈴々《リンリン》は撃ってこなかった。彼女の足音に合わせて幽鬼《ユウキ》は移動し、後ろから鈴々《リンリン》に接近を試みた。

幽鬼《ユウキ》は、ひととき、手元の拳銃を見つめた。

少しだけ、昔のことを思い出した。

逆向きにした。グリップではなく、銃身のほうを握った。

あたかもその準備が済むのを待っていたかのように、鈴々《リンリン》は振り返った。

たぶん、幽鬼《ユウキ》が迫っているのにはとうに気づいていて、当てられる距離まで泳がせていたのだろう。鈴々《リンリン》が狙いを定めてきた。足を痛めている幽鬼《ユウキ》の姿勢の低さを考慮し、銃口にはしっかり下向きの角度がついていた。

その狙いの正確さに感謝しつつ、猫のように幽鬼《ユウキ》は跳んだ。

弾丸に映る自分の顔すら、見えた気がした。

幽鬼《ユウキ》が前に出たおかげで、わずかに間合いがずれた。弾丸は幽鬼《ユウキ》のすぐ後ろに飛んでいった。二発目はない。手の届く距離にまで接近した幽鬼《ユウキ》は、鈴々《リンリン》の左腕をつかんだ。銃口を見当違いの方向に逃しつつ、もう片方の手――拳銃を握るほうの手を、彼女の頭に振り下ろす。

瞬間、鈴々《リンリン》は笑った。

「――いじわる」

「なんとでも言うがいい」

実時間にして一瞬だったはずなのだが、確かにそんなやりとりがあった。

ろくに反響もしない鈍い音が、ひとつ、鳴った。

（26／28）

自分がプレイヤーではなくなった日のことを、鈴々《リンリン》は今でも思い出す。

とあるゲームの後遺症で、聴覚を損なった。すでに視覚を失っており、反響音を聞くことをメインの感覚情報としていた鈴々《リンリン》にとって、それは命取りの出来事だった。なおもプレイヤーを続けようと考えていた鈴々《リンリン》だったが、エージェントはそれを否認。さらにはプレイヤー登録を抹消し、鈴々《リンリン》をゲームの世界から追放してしまった。

「――よくもやってくれたわね」

当然、鈴々《リンリン》はエージェントを詰問した。

その胸ぐらをつかみ、壁に押し付けた。もしも暴力事が起こらずにこの場が収まったとしたら、逆に不思議だとさえ思えるような状態である。

「断りもせず、勝手なことを……」

「……勝手なもんですか。当たり前の判断でしょう」

鈴々《リンリン》の威圧を受けながらも、エージェントは毅然《きぜん》として答える。

「視力のときは受け入れましたが、今回はだめだ。あなたには引退していただく。これ以上プレイヤーを続けるのは、ただの自殺行為です」

「それで構わないわ。プレイヤーになった時点で、生には執着していない」

鈴々《リンリン》が意志を伝えても、エージェントは首を横に振った。

なので、プレイヤーらしい交渉手段を鈴々《リンリン》は用いることにした。つまり——ゲームに参加させなければ、ひどい目を見せてやると脅したのだ。鈴々《リンリン》の性格をよく知っているエージェントなら、それがこけおどしでないことはよくわかっていたはずだ。

しかし、それでも、エージェントは首を横に振った。

「どうか、ほかの生き方を見つけてください」

と言った。

そんなものはない、と鈴々《リンリン》は思った。この世界のほかに、私の居場所はないのだ。

それからというものの、ずっと、糸が切れたような感じがしていた。足元が不確かというか——自分を定義づけるものがないというか——ただ命が続いているだけで生きてない感覚というか。せっかく永らえた自分の命を含め、一切合切、どうでもいいと感じていた。

でも、自分で首をくくるのも嫌だった。死ぬのは怖くないけれど、これまでやってきたことがゼロになるのは癪《しゃく》だ。誰かに認めてもらいたい。なにか、どこかに繋《つな》がってほしい。

そんな鈴々《リンリン》にやってきたのが、今回の機会だった。

ここしかない、と思った。鈴々《リンリン》と同じく視力に問題を抱えるプレイヤー、幽鬼《ユウキ》。彼女に自分の技術を伝え、そして殺してもらうのだ――。

そう目論《もくろ》んでいたのだが。

どうやら、まだ、そうさせてはもらえないようだ。

（27／28）

失神した鈴々《リンリン》を民家に運び入れて、幽鬼《ユウキ》はスマートキーを入手した。

調達屋と玉藻《タマモ》を連れて、三人でボートのある岩場に向かった。鈴々《リンリン》の手を撃ったとき、もしかしたらキーを壊してしまったかもしれないという心配がひそかにあったのだが、ちゃんとボートが動いてくれたのでほっと一安心だった。

操縦は調達屋がしてくれることになった。試運転がてら、彼にはボートで船着き場まで移動してもらい、その間に幽鬼《ユウキ》と玉藻《タマモ》は、一旦、最初鈴々《リンリン》と会った民家に戻った。持ってきた荷物をめいめい回収し、船着き場におもむいた。

すると――いつの間にか目覚めていたらしい鈴々《リンリン》が待ち構えていた。

「なっ……!?」

幽鬼《ユウキ》たちは身構える。が、しかし、鈴々《リンリン》は敵意のない微笑《ほほえ》みを見せた。

「安心して。もう、食い下がるつもりはないわ」

「……そうですか」

どうやら満足してくれているらしい。拳銃のグリップの当たりどころがよかったのだろうか、と幽鬼《ユウキ》は思う。

「見送りに来たのよ」と鈴々《リンリン》は言う。

「見送り？　乗っていかないんですか、鈴々《リンリン》さん」

幽鬼《ユウキ》はボートを見た。幽鬼《ユウキ》、玉藻《タマモ》、調達屋、鈴々《リンリン》で、四人全員が乗るのに十分な容量があるように思える。

「ゲームの体裁は守りたいの」と鈴々《リンリン》は答える。

「私と一緒に乗って帰ったら、興醒《きょうざ》めでしょう？　あなたたちが帰ったあと、改めて送ってもらうわ」

なるほど、と幽鬼《ユウキ》は思った。

荷物を運び入れて、幽鬼《ユウキ》たち自身もボートに乗った。「この度は、ありがとうございました。鈴々《リンリン》さん」と、別れ際の礼を幽鬼《ユウキ》は言う。

「どういたしまして。……それで、どうかしら？　目に頼らない戦い方はつかめた？」

「はい。なんとなくですが。わからないことがあったら、また伺ってもいいですか？」

「ええ。いつでも遣《や》り合いましょう」

「……できれば、話をするだけでお願いします」

ボートが発進した。鈴々《リンリン》の手を振る姿もろとも、島が遠くに離れていった。

「……物騒な人でしたね……」

その姿が見えないぐらいになったところで、玉藻《タマモ》が言った。

「そうだな……」と幽鬼《ユウキ》は同意を挟んでから、

「ところで、玉藻《タマモ》」

「はい？」

「レッスン2以降の話なんだけど――」

昨日から今日にかけての経験をおそらくは思い出し、玉藻《タマモ》は怯《おび》えた顔をした。

「……私はもっと穏便に教えるから、安心しな」と幽鬼《ユウキ》は言ってやった。


（28／28）

2.ロワイヤルパレス（62回目）

（0／48）

——玉藻《タマモ》を弟子にしてまもないころ、こんな会話をした。

「強いプレイヤーの絶対条件ってなんだと思う？」

幽鬼《ユウキ》は、玉藻《タマモ》に聞いた。

レッスン2以降——プレイヤーの技術を本格的に教えるにあたり、まずはそういう質問から入ってみたのだ。

「言い換えれば、長く生き残るプレイヤーが必ず備えている特徴。玄人と素人を分けている決定的な要素。なんだと思う？」

玉藻《タマモ》は少し考えて、答えた。

「やはり、力の強さではないでしょうか？　体が大きくて、腕力のあるプレイヤーが有利なのでは」

幽鬼《ユウキ》は首を振る。

「それがそうでもない。たとえば、平均台の上でバランスを取らないといけないゲームや、狭いトンネルで身をかがめて移動するゲームなんかだったら、体の大きさは不利にはたらく。戦闘能力を問われることは確かに多いけど、それがすべてじゃない。強者の絶対条件とはいえないな」

「……そうですか」

玉藻《タマモ》は再び考えて、

「では、危険察知の能力はどうでしょう？　罠《わな》の気配を嗅ぎ取る能力、他人の殺気をいち早く読み取る能力。生き残りを賭けたゲームなのですから、リスクを避けて通ろうとする人のほうが強いのでは」

確かに、そうだった。臆病になるのが生き残りの秘訣《ひけつ》であると、いつかのゲームで幽鬼《ユウキ》も言ったことがある。初心者の処方箋としてはかなり有用な言葉だ。しかし——。

「そういう人は、長期的に見ると生き残りにくい。危ない場面を避けて通るから、プレイヤーとしての経験が蓄積していかないんだ。いつかどこかで逃げ場のない状況が来たら、どうしようもなくなる。ゲームの参加回数も少なくなる傾向にあるし、強者にはなりえない」

古詠《コヨミ》のようなケースもあるにはあるが、あれは本当に例外中の例外だろう。

「……むう」

玉藻《タマモ》は、ちょっと不満そうな顔をした。そういう顔もかわいいな、と幽鬼《ユウキ》は思った。

「では……そうですね。師匠を見つけられるか、というのはどうでしょうか？　強い人と、うまく人間関係を構築できる人が有利なのでは？　先人の知識を吸収することが大事だと、幽鬼《ユウキ》さんもおっしゃっていましたよね」

　失敗が死につながるこの世界において、先人から教わろうというモチベーションは高い。だからこそプレイヤー間の師弟関係が無数に存在するし、こうして今、幽鬼《ユウキ》と玉藻《タマモ》は問答をしているのである。

　しかし、幽鬼《ユウキ》は口角を上げた。「それはむしろ一番だめな特性だ」

「誰かに教わろうとするってことは、自分では考えないってことだ。自分の命がかかっているのに責任を放棄するなんて信じられないね。人から教えてもらおうなんて根性のやつはすぐ死んじまうぜ」

　玉藻《タマモ》は——現在幽鬼《ユウキ》に教えてもらおうとしている立場の彼女は、ほおを膨らませた。現実の人間がそんなリアクションをするのを初めて見た。

「いじわるです、幽鬼《ユウキ》さん」玉藻《タマモ》は言う。

「ごめんごめん……」言葉だけの謝罪を幽鬼《ユウキ》はしつつ、「いや、でも、重要なことなんだよ。つまりだな、私が伝えたかったのは、このゲームに絶対強者は存在しないってことさ。なにかに秀でるってことは、なにかに劣るってことでもある。そしてゲームの種目は多岐にわたる。あるとき有利にはたらいた特性が、またあるとき不利に作用することもある。

こういう人が長生きしやすいっていう大体の傾向はあるけど、〈大体〉に収まる範疇《はんちゅう》なんだ。絶対はない」

幽鬼《ユウキ》は続ける。

「そういうところで、私たちは上手《うま》くなろうとしている。絶対といえるものがない中、吹けば飛ぶようなものを根拠に私たちは判断を下し、命を賭けている。どんな世界でもそうなんだろうけど、この世界では特にそうだ。それを覚えておいてね」

（1／48）

〈クライシスシャトル〉、その終盤だった。

（2／48）

ロボットが、プレイヤーを襲っていた。

今日び漫画の中でもお目にかからないような、コテコテのロボットである。素材は主にブリキ。人型を模してはいるものの頭も胴体もかくばっていて、胸には各種メーターが踊り、頭の上ではアンテナが回っている。左右ひとつずつ伸びているロボットアーム――もちろんどちらの手も二本指しかない――はそれぞれ、トンカチとノコギリを握っていた。

両方の武器が標的とする先は、幽霊のような見た目をしたプレイヤー。幽鬼《ユウキ》である。トンカチとノコギリの持ち手をつかみ、ロボットと組み合いの姿勢だった。ロボットに負けず劣らず、幽鬼《ユウキ》もコテコテな出立《いでた》ちをしていた。馬鹿でかいヘッドセット、体にぴったり吸着した衣服、流線型のスカートにサイハイブーツ。そのすべてがところどころ発光していて、サイバーな雰囲気を放っている。アンドロイドの女の子のコスプレだ――しかも、かなり扇情的なタイプの。

幽鬼《ユウキ》は足を突き出し、ロボットを蹴り飛ばした。

そして、逃亡した。近未来感のある廊下を、疾走する。

そこは宇宙船の中だった。暴走し、殺人者と化したロボットたちから逃げ回りつつ、緊急用のポッドを探して船を脱出する――それがこのゲーム、〈クライシスシャトル〉のルールだった。本当に宇宙にいるわけではなく、その部分はお飾りの設定なのだろうが、閉鎖空間を殺人ロボットが徘徊《はいかい》していることに関しては事実だ。すでに何度か戦闘し、幽鬼《ユウキ》のアンドロイド衣装はあちこち破損していた。

その甲斐《かい》あって、ゲームの大方は終了していた。脱出ポッドの位置もわかっているし、それのある部屋の扉の開錠キーもわかっている。あとは、そこに向かうだけだ。

「うぐっ」

廊下の曲がり角に、幽鬼《ユウキ》は頭をぶつけた。

急いでいたため、仕方なし。素早く体勢を立て直す。同様のミスを何回か繰り返しつつも、幽鬼《ユウキ》は廊下を駆け、三回の曲がり角と一回の階段を経由して扉にたどり着いた。扉にはキーパッドがついていた。幽鬼《ユウキ》は右目を手で覆いながら、もう片方の手でボタンを押し、パスワードの入力を始める。

しかし――その最中、視界の端にロボットを見た。

廊下の端にいる。追いつかれた。倒《こ》けつ転《まろ》びつの逃走だったから、あまり引き離せなかったのだ。幽鬼《ユウキ》のいる地点とはまだいくらか距離があったが、猶予は長くなさそうだ。幽《ユウ》鬼《キ》は焦りながらも頭の中の数字を吐き出す。

幸い、ロボットの襲来よりも前に入力は終わった。

扉が、自動で開いた。開き切るのも待たずに幽鬼《ユウキ》は身を滑らせた。

そして、後方をうかがったところで、まだ一仕事残っていることに幽鬼《ユウキ》は気づいた。全開になった扉の向こうに、ロボットの姿があったからだ。扉は自動で閉まりつつあるようだったが、その速度はロボットの前進よりもはるかに遅かった。このままでは入ってくる。

幽鬼《ユウキ》はさっきのようにロボットを蹴り飛ばそうとするが――

伸ばしたその脚を、トンカチで打たれた。

「……っ!!」

が、幽鬼《ユウキ》は歯を食いしばった。

折れた脚で、それでもなおロボットをがすがすと蹴り、後方に運んだ。二度、三度、とトンカチによる反撃をもらうが、扉が閉まり切るまで懸命にその作業を続けた。ごうん、と音を立てて内と外とが断絶され、その一瞬前に抜き出した脚を見たところ、ラグビーボールでも中に入っているのかというぐらい大きく腫れ上がっていた。

そんなふうにして、幽鬼《ユウキ》の五十六回目のゲームは終わった。


（3／48）

アパートの自室で幽鬼《ユウキ》は目を覚ました。

（4／48）

ゲーム終了後のルーティン――祈りと振り返りを済ませた幽鬼《ユウキ》は、枕元に目を向けた。アンドロイドの衣装が畳まれてあったので、それをしまうため、クローゼットを開けた。

ぎちぎちだった。

端から端まで、衣装が並んでいる。すでに満席――いや、それ以上だ。近頃、幽鬼《ユウキ》のクローゼットは慢性的にこうだった。ゲームの衣装だけでも五十以上、普段着を合わせれば六十着を超える衣類をすべてハンガーラックにかけることはできず、いくつかは畳んだまま床に置くという処遇を受けている。ゲームの衣装という一団なのに二種類の状態が混在していて、なんだか様にならない。

「……収納、考えないとな……」

と幽鬼《ユウキ》は言いながら、アンドロイドの衣装を床に置いてある一群に加えた。

散歩に出た。外は真夜中だった。幽鬼《ユウキ》はスマホをいじりつつ、どうするのが最適だろう、と頭をひねる。追加のクローゼットを購入するか？　いや、それはあまりよろしくない。六畳一間の部屋なのだから、家具を増やすことはなるべく避けたい。レンタルの倉庫を借りるのはどうだろう？　それも微妙だ。好きなときに引っ張り出せないし、自宅外の場所にゲーム関連のものを置くのはまずい。だったらいっそ、もう少し広い新居を求めるのもありか――？

などと考えていたときのことだった。

幽鬼《ユウキ》の首に、虫の這《は》うような感触が走った。

「！！？？？？？」

幽鬼《ユウキ》は飛び上がる。

ぴょんぴょんと跳ねつつ、数歩前進。その過程で体を反転させ、背後にいた犯人の姿を視界に捉えた。

玉藻《タマモ》だった。

「ふふ」

ともすれば見逃してしまいそうな短い笑いを挟んでから、

「ご無沙汰しております、幽鬼《ユウキ》さん」

と玉藻《タマモ》は言った。さっきの虫の正体であろう両手の指を重ねて、お辞儀をした。

「……久しぶり」

首をさすりながら、幽鬼《ユウキ》は返事をする。

「五十六回目のゲームクリア、おめでとうございます」

「？　知ってるの？」

「ええ。エージェントさんからご連絡をいただきました。無事帰還されたと聞いて、参上した次第です」

「……そう」

と幽鬼《ユウキ》は答えた。

自分の知らないところでいろんな人が通じ合っていくなあ、と思った。

（5／48）

ご承知の通り、五十六回である。

となれば、それ相応の時間経過があるということになる。

玉藻《タマモ》を弟子にしてから、四ヶ月近くが経過していた。ありがたいことに、お互い命を落とすこともなく、重大な怪我《けが》を負うこともなく、プレイヤー稼業を続けられている。

玉藻《タマモ》の成長ぶりは、さっきの一幕が示す通りだ。幽鬼《ユウキ》に気づかれず背後に忍び寄り、その首に触った。それはつまり、意志さえあれば首を絞めることもできたということだ。もっとも、その場合は殺気を放つわけだから幽鬼《ユウキ》としても無抵抗ではなかっただろうが、ともあれ気配を消す技術の高さは認められる。弟子にしたての時はちょっと抱きしめただけでも照れていた玉藻《タマモ》だったが、最近は図太くなってきたのか、このぐらいのスキンシップは厭《いと》わない。その点についても成長が認められるといえるかもしれない。

師匠の教え方がよかったから——なのかどうかは、不明だ。

あの離島の戦いから帰還して以来——鈴々《リンリン》のようなおっかない方式ではなく常識的なやり方で——幽鬼《ユウキ》は玉藻《タマモ》に指南を行なっていた。罠《わな》への対処、戦闘術、精神統一法、エトセトラ。上手な指導ではきっとなかったのだろうが、少なくとも最低限の仕事——つまり玉《タマ》藻《モ》を死なせず、怪我《けが》もさせず、一人前のプレイヤーとして育てることには成功していた。そのおかげで、こうして今、一緒に散歩することもできている。

隣を歩く玉藻《タマモ》を、幽鬼《ユウキ》は観察する。

初めて会ったときは、まるまる太った娘。次に会ったときは、絶世の美人さん。今現在の彼女の姿は、また違って見える。初対面から数えれば半年近くの時間が経《た》っているのだから、それも当然といえよう。

「もう八回目はクリアした？」と幽鬼《ユウキ》は聞く。

「はい。万事支障なく」と玉藻《タマモ》は答えた。

師弟関係が始まってから四ヶ月弱、いまや二人は同じ屋根の下で暮らしていなかった。幽鬼《ユウキ》の六畳一間に二人暮らしはやや荷が重かったし、共同生活を好まないのが幽鬼《ユウキ》という人間だったし、玉藻《タマモ》のほうも、〈レッスン1〉のトラウマを克服したのだろうか、幽鬼《ユウキ》にべったりという気勢ではなくなっていたからだ。適度な間隔で会い、近況報告をしたり稽古をつけたりする、という形の関係に変化していた。

出会ってまずは、互いに互いのクリア回数を報告するのが恒例だった。前回は幽鬼《ユウキ》が五十五回、玉藻《タマモ》が七回だった。二人とも一回ずつゲームをこなした形である。

八回目。それだけの回数を重ねたとなると、もう立派なプレイヤーと言ってもよかろう。現在の玉藻《タマモ》の実力なら、変なことがない限りもっと長生きできるはずだ。このままクリア回数を伸ばして、そしていずれは〈三十の壁〉に――。

「…………」

その先は、努めて想像しないことにした。

（6／48）

二人で散歩を続けていると、電話がかかってきた。

発信者名を見て、「ちょっと一人にさせて」と幽鬼《ユウキ》は言った。「かしこまりました」との返答を得て、幽鬼《ユウキ》は玉藻《タマモ》を置いて近くの公園に向かった。

足は公園に向かわせつつ、手のほうはスマホをタップして、電話をとった。耳に当てようとしたのだが、しかしその動きは中止された。

ビデオ通話だったからだ。

「……あの。なんでビデオ通話なんです？」

スマホの画面に映った発信者に、幽鬼《ユウキ》は聞いた。

「鈴々さん、見えてないんですよね？」

両耳に鈴をつけた、柔和な印象の女の人。鈴々《リンリン》だった。

「いいじゃない。別に」と彼女は答える。「そういう気分だったのよ」

「相変わらずですね……」

幽鬼《ユウキ》は言った。相変わらず、ハッタリをかけることにご執心のようだ。

「それよりも。あの件、本当なのね？」

鈴々《リンリン》の問いに、「ええ」と幽鬼《ユウキ》は答える。

散歩に出てすぐ、幽鬼《ユウキ》は鈴々《リンリン》にメッセージを送っていた。彼女の力を借りるべき問題が認められたからだ。幽鬼《ユウキ》は単刀直入にその内容を話す。

「右目が、もう、ほとんど見えなくなってます」

幽鬼《ユウキ》は自分の右目に——それが映すぼやけた視界に、意識を向けた。

〈ハロウィンナイト〉のあとも、その喪失は進んでいた。そうならないでほしいと願ってはいたのだが、しかし、人生において、願い祈りを捧《ささ》げるだけで消えてくれる問題は少ない。人体に関するものは特にそうだ。右目の視力は、いまや、その影響がはっきりとわかるほどに落ち込んでいた。視界の右側だけが濁り、ぼやけている。度の合わないコンタクトをペンで黒く塗って片目にだけはめこんだら、こんな具合になるだろうか。

視力低下は昨日今日の話ではなかったので、日常生活にはおおむね問題ない。が、文字を読むときは右目を覆わないとうまく読み取れなかったし、飛んだり跳ねたり、走ったりすると、かなりの頻度でぶざまな失態を演じる。ゲーム中にそれが起こることも多々ある。これまではなんとかごまかしてきたが、いよいよ洒落《しゃれ》にならなくなってきた。

必要だ。視力に頼らない、新たな認知体系が。

「反響定位のスキルについて、手《て》解《ほど》きをお願いいたします」幽鬼《ユウキ》は言う。

反響定位。エコーロケーション。

反響音から周囲環境を探るその力を、鈴々《リンリン》はすでに失っている。しかし、かつてそれを利用し、プレイヤーとして活動していた実績がある。今の幽鬼《ユウキ》にとって、おそらく世界で唯一の、指南役にふさわしい人物だ。

「承ったわ」と鈴々《リンリン》は答える。

「でも……手解《てほど》きといっても、そんなに教えることもないわよ？　音を鳴らして、それを聞き取るだけだもの。慣れの問題でしかないわ」

「いや、それが……私もそういうもんだと思って、じつは前々から練習してるんですよ。だけど、なんだかうまくいかなくて……。なんか根本的な間違いをしてるのかもしれません。一度直接お会いして見てもらいたいんです」

「なるほど」鈴々《リンリン》は言う。「わかったわ。力を尽くさせてもらうわね」

「……一応言っておきますけど、前みたいなのはナシですからね」

幽鬼《ユウキ》は釘《くぎ》を刺した。

「勘弁してくださいよ。暗闇の中にいきなり放り込まれて殺し合い、みたいなのは」

「あら。どうしてわかったの？　私の考えてること」

「……考えてたんですね、やっぱり……」

幽鬼《ユウキ》は半眼になる。

「鈴々《リンリン》さんの現役時代には、ああいうやり方が普通だったので？」

「さあ？　わからないわ。誰かに教えるのなんて初めてだし、教えられた経験もないもの」

「あれ、そうなんですか？」

意外だった。てっきり、他者への指導経験は豊富なのだと考えていた。かなり腕の立つプレイヤーだったのだろうし、あの離島でも――やり方はともかくとして――淀《よど》みなく、手慣れた感じで話を進めていたからだ。

「私の時代にも、弟子を取るプレイヤーはいたけれど。私はその派閥じゃなかったわ。誰かに教えるなんて柄じゃないと思っていたから。特に、視力をなくしてからは、それを補うのに必死で人のことまで気にする余裕はなかったし……」

　それもそうか、と幽鬼《ユウキ》は思う。

「そういえば確か、幽鬼《ユウキ》さんもお弟子さんを取っていたわね。どう？　順調に育ってる？　それとも死んじゃったかしら」

　まるでカブトムシでも育てているかのような言い様だった。プレイヤーだなあ、と思いつつ、幽鬼《ユウキ》は答える。

「なんとか死なせずに済んでます。今、八回目ですね」

「へえ。それは上々ね……」

　鈴々《リンリン》は言った。

　その語尾に、少し、含みが持たせられているように幽鬼《ユウキ》は感じた。錯覚でないのだとすれば、なにを意図した含みなのかは簡単に想像がついた。さっきの鈴々《リンリン》の発言と、今の幽《ユウ》鬼《キ》の状況を併せて考えれば、おのずとわかることだ。

「その……そういうわけですから」

幽鬼《ユウキ》は慌てて言葉を放った。沈黙を長く保っていたら、はっきりとしたことを鈴々《リンリン》に言われかねないと思ったからだ。

「予定を合わせたいので、ご都合のいい日程など、教えていただければ」

「そうね、直近だと……」

鈴々《リンリン》の直近の予定——隠居生活で大体暇しているらしい——を聞き出し、約束の日程を決めて、幽鬼《ユウキ》は電話を切った。

そうして、公園に静寂が戻った。

静寂の中で、幽鬼《ユウキ》は考えた。右目のこと。玉藻《タマモ》のこと。いつか師匠に言われたことと、鈴々《リンリン》の言わずとも含ませたこと。そしてなにより、現在の自分の状態を。

二分か三分か、決して長くはない時間のうちに。

なにかが易《やす》きに流れたのを、心の端で感じた。

（7／48）

公園を後にして、幽鬼《ユウキ》は玉藻《タマモ》と合流した。

二人で、夜の散歩を再開した。とりとめのない話をしたり、コンビニでアイスを買い食いしたり、生産性のあまりない時間を過ごした。それではわざわざ玉藻《タマモ》に来てもらった意味がないので、なにかまだ教えるべきことがなかったかなと幽鬼《ユウキ》は頭をめぐらせるが、見つからなかった。玉藻《タマモ》を弟子にして四ヶ月近く――すでに伝えるべきことは伝えている。すべてを習得しているわけではまだないのだろうけど、ゆくゆくは彼女の血となり肉となるだろう。幽鬼《ユウキ》がなにかしなくても、勝手に自分で育っていくはずだ。

それは、話を切り出すのに、ちょうどいいタイミングだということだ。

「玉藻《タマモ》」

頃合いを見て、幽鬼《ユウキ》は言った。

「もう、四ヶ月ぐらいになるかな。弟子にしてから」

「そうですね」

「正直、ここまで長引く関係になるとは思ってなかった。初対面のときは」

「私もです」玉藻《タマモ》ははにかむ。「いつか置いていかれたときは、もう、絶望でしたから……」

「……ごめん……」

素直に申し訳ないと思った。幽鬼《ユウキ》は謝る。

「ええと、まあ、とにかく四ヶ月だから。教えることは大体教えた。師匠として、私から玉藻《タマモ》に伝授すべきことは、もうない」

その言葉によくない気配を感じたのかもしれない。玉藻《タマモ》の顔が、曇った。

だが幽鬼《ユウキ》は話を続ける。

「私が九十九回のゲームクリアを目指してるってのは、前に言ったっけ」

「はい。お聞きしてます」

「その目標は、師匠から受け継いだものだ。師匠は九十六回目のゲームで引退した。これまでのダメージが積もり積もって、プレイヤーを続けられなくなったんだ。あとたったの三回ではあるけど、今の状態じゃ続行できないと判断したらしい」

百回近い長丁場ともなると、プレイヤーの体にガタが来る。運営の用意するゲームの難易度は特に変わらないのだが、プレイヤーのほうが弱くなるせいで、だんだんとクリアが困難になる。それが、九十九回を目指す過程の終盤にて起こる現象だ。

その地獄の一丁目に自分はいるのだと、幽鬼《ユウキ》は感じている。右目の失明。この怪我《けが》を起点に、きっと、自分は崩れていくだろう。だからその対策に集中しなければならない。ほかのことに関心を向けている余裕はない。心の中で着々と理論武装が完成していく。

「あと三回。その分だけ、私は師匠よりも先に行かないといけない。だから、師匠に教わったことをそのまま実行するだけではだめだと思ってる。それだと理論的には、九十六回で止まっちゃうって計算になるしね……。実際にはそれにすらも至らないだろう。師匠と私は違う人間で、適性も違うから。同じようにやっても九十九回には届かない。教わったことを昇華して、自分だけのスタイルを見つけなければいけない、と思っている」

——こすっからい詭弁《きべん》だ。

心の奥の声を、幽鬼《ユウキ》は無視した。

「玉藻《タマモ》にも、そうしてほしいと思う」

そして、話の核心部に入った。

「いつまでも私が師匠をやってたら、きっと、玉藻《タマモ》のためにはならない。こんなふうにして、玉藻《タマモ》と会うのはもう終わりだ。師匠と弟子の関係は解消。これからは、自分だけの力で試行錯誤して、どうか長生きしてね」

幽鬼《ユウキ》は、玉藻《タマモ》を見た。

彼女は——愕然《がくぜん》とした顔をしていた。愕然、という大袈裟《おおげさ》な言葉が、似合いすぎなほどによく似合うさまだった。石膏《せっこう》かマネキンかのように全身固まって、立ち尽くしている。

もちろん、その口から返事の言葉など出てはこない。ひたすらに黙っている。

幽鬼《ユウキ》も黙った。それ以上の言葉を足す必要はないと思ったからだ。夜の帷《とばり》が実体を得て二人を包み覆ったかのような、息苦しい雰囲気が辺りに流れる。
その空気を破ったのは、幽鬼《ユウキ》のほうだった。

「さよなら」

とだけ小さく言って、その場を去った。

玉藻《タマモ》は返事をしなかった。幽鬼《ユウキ》を追いかけてくることもなかった。納得してくれた——のかどうかはわからないが、受け入れてはくれたのだろう、と都合よく解釈する。

歩きながら、幽鬼《ユウキ》は思う。あまり上手でも、円満でもない別れ方だったかもしれない。だが、とにもかくにもやり遂げた。辛《つら》い選択ではあったけれど、仕方ない。これが今の自分のためで、ひいては玉藻《タマモ》のためでもあるのだ——。

本当に、そう思っているのか？

（8／48）

このときを最後に、幽鬼《ユウキ》は玉藻《タマモ》と会わなくなった。

無事、師弟関係を解消できたようだ。幽鬼《ユウキ》は、晴れやかでないものを心に残しつつも、右目の一件の対策に取り組んだ。鈴々《リンリン》と会い、反響定位の訓練をし、自分のためだけの時間を過ごした。

およそ二ヶ月後、六十二回目のゲームにて。

この選択を、幽鬼《ユウキ》は、死ぬほど後悔する。

（9／48）

——玉藻《タマモ》を弟子にして二週間後、こんな会話をした。

「では、これから、脱出型のトレーニングを始める」

幽鬼《ユウキ》は玉藻《タマモ》に言った。

二人は、民家の前に立っていた。

なんの変哲もない民家——にしか傍目《はため》には見えない。しかしそのじつ、この家は侵入者を食らうモンスターハウスなのだった。屋内の至るところに、罠《わな》が仕掛けられている。トレーニング用のものであり、命を脅かすような物騒な代物でなかったが、ともかくも罠は罠《わな》だ。事前に幽鬼《ユウキ》が屋内を一周し、そのさまをしかと確認してきたところである。

あの離島の戦いで知り合った人物――調達屋に用意してもらった場所だ。脱出型の訓練に、これほどふさわしい場所はほかにはあるまい。

「脱出型のゲームは経験ある？」

幽鬼《ユウキ》は聞いた。「いえ」と玉藻《タマモ》は答える。

「まだ、〈ハロウィンナイト〉以外のゲームは未経験なので……」

「じゃあ、基本的な考え方だけ伝えとこう」

幽鬼《ユウキ》は扉を開けて、玄関に入った。その先に続く廊下を目に映す。

「玉藻《タマモ》、あれ見える？」

廊下のある箇所を幽鬼《ユウキ》は指差した。玉藻《タマモ》はそちらに目を向けて、両目をしぼった。だが、なんのことだかわからないという顔をする。

「床に、切れ込みが入ってる」幽鬼《ユウキ》は答えを言った。

　廊下を数メートル行ったところに、フローリングの模様とは明らかに調子の違う、不自然な切れ込みが入っていた。廊下の電気はついていなかったので、かなり注意深く見ないとわからない。

「たぶん、なにかしらの罠《わな》だ」

「ああ……確かに、ありますね」玉藻《タマモ》は言う。

「できればこんなふうに、事前に罠の所在を見抜いておくのが理想だ。あるとわかってたら、引っ掛かるわけがないからね。そもそもトラップを発動させないのが一番いい」

幽鬼《ユウキ》は指を動かして、廊下の角に近いところを指差した。

「あと、あそこにも多分、罠がある」

「……？　特に、不自然なところはないように見受けられますが」

「私もそう思う。でも、私の経験上、ああいうところに隠されてる可能性は高い。曲がり角は注意が分散するからね……。仕掛ける側にとってみれば絶好のポイントだ」

「仕掛け人さまの心理を読んでいるのですか？」

「うん。だから巧みに隠蔽されてる罠でも、上級者になるほどかかりにくい。観察眼の鋭さ、プラス直感。そのふたつでプレイヤーは罠を回避する。注意深く周りを観察するのはもちろんのこと、どこに罠がありそうか、自分ならどこに仕掛けるか、みたいなことも考えながら動いてほしい」

「わかりました」

「で……。もし罠が発動してしまった場合」

幽鬼《ユウキ》は靴を履いたまま、廊下にあがった。数メートル進んで、不自然な切れ込みが入っている例の床を、あえて踏んだ。

すると――左方向から矢が飛んできた。その矢尻が幽鬼《ユウキ》の頭に達するよりも先に、左手でつかみ、防御した。

「おみごとです」

玉藻《タマモ》は言う。「ありがと」と幽鬼《ユウキ》は答えてから、

「罠《わな》にかかってしまったときは、できるだけ早くそれを認識するのが大事だ。例えば今回の場合だと、床を踏んだときの変な感触、矢が風を切る音、そういった予兆が先んじて現れる。まずはそれを逃さずに捉えること」

幽鬼《ユウキ》は、自分がつかんだ矢を見た。

先のほうが吸盤になっている。おもちゃの矢だ。これなら当たっても安全だろう。

「捉えたら、続いて対応に移る。今回はつかんで防御したけど、実際のゲームではむろんこんなふうにはしない。身をかわすか、あるいは食らっても致命傷にならない箇所に食らう。反射的にそういう動きができるようになってください」

「わかりました」

一通りの講習を終えて、トレーニングが始まった。幽鬼《ユウキ》が事前に家の中に置いておいた携帯を回収して、持ってくるというミッションである。玉藻《タマモ》は廊下を進み、そして半分行くか行かないかというところで――。

「――!?」

玉藻《タマモ》は、言葉になっていない声をあげた。

床から突然、粉末が噴射されたのだ。地雷の罠に見立てたものだろう。

「……すいません、死にました」

と言って玉藻《タマモ》は、粉まみれになった姿で幽鬼《ユウキ》へと振り向いた。

その姿に苦笑を返しながら、仕掛けが凝ってんなあ、と幽鬼《ユウキ》は思った。

（10／48）

ソファの上で幽鬼《ユウキ》は目を覚ました。

（11／48）

高そうなソファだな、と思った。

人間一人が寝転がるのに十分な横幅があって、平均よりも高めの背丈をしている幽鬼《ユウキ》を、ゆうゆうと収めている。シートは鮮やかな赤色に塗られており、その周りを縁取っているフレームは金色だ。赤と金。王様のマントやチャイナドレスなどに代表される、おめでたさの象徴のような配色である。

周りを見ると、部屋全体が似たような配色をしていることに気づく。天井なり壁なり、シャンデリアなり、壁にかかった絵画なり、椅子なりテーブルなり絨毯《じゅうたん》なり。どれもこれも嫌味《いやみ》なぐらい豪華な造りだった。宮殿の一室——幽鬼《ユウキ》の目にはそう見えた。

「目覚めましたか」

と声をかけられた。

テーブルを挟んで向かいのソファに、人が座っていた。幽鬼《ユウキ》と同年代の少女だ。日常生活ではまずお目にかからないであろう格好を彼女はしていた。頭の三倍ぐらいの全幅があるつばの大きな帽子。横のところに鳥の羽根がひとつ。両肩にはマントがかかっていて、その奥には、無闇矢鱈《やたら》にひらひらの多いシャツがのぞいている。スカートをまとめている太いベルトからは、一振りの剣が提げられていた。現代の社会ではまず出会うことのない、映画や演劇でしかその姿を見ることのない、それは剣士の格好だった。

彼女だけでなく、幽鬼《ユウキ》自身も似たり寄ったりの服装をしていた。広々とした帽子のつばを触りながら、「……初めまして」と幽鬼《ユウキ》は言った。

「ごめんなさい。眠りの深い体質なのか、いつも起きるのが遅くて」

いつものフレーズを口にしながら、幽鬼《ユウキ》は、ほかのプレイヤーたちを一目した。

その部屋には、幽鬼《ユウキ》のほかに六人のプレイヤーがいた。ソファに座ったり、壁にもたれたり、辺りを歩き回ったり、思い思いにしている。ディテールは違えど、みな西洋剣士の格好をしており、そしてみな、遅れて起床した幽鬼《ユウキ》に観察の目を向けていた。

六人それぞれを、幽鬼《ユウキ》は観察し返す。顔見知りのプレイヤーはいない――と思う。

「どんなゲームなんです、これ？」幽鬼《ユウキ》は聞いた。

「わかりません」さっきの娘が答えた。「でも、まもなく説明があるのではないかと。あんなものが設置されてますから……」

その娘と同じほうに、幽鬼《ユウキ》は視線を向けた。

そこには、モニターがあった。壁に埋め込まれる形で設置されている。宮殿らしいしつらえの部屋の中で、明らかに異彩を放っているオブジェクトである。部屋の雰囲気を壊してまで用意されていることからするに、ゲームの進行に必要なもの――すなわち、ルール説明のため使用されるものである可能性は高い。

幽鬼《ユウキ》がそう思った、まさにそのときだった。

モニターに、光が灯《とも》った。

映ったのは、子供番組にでも出てきそうな糸操り人形だった。ボリュームのあるひげが顔の下部から伸びていて、この部屋の配色に沿ったマントに身を包んでおり、頭の上には、この世の宝石の全種類を使って作られたかのような、きらびやかな王冠が乗っている。それはまさしく、王様の風貌だった。

「――よくぞ参った、皆の衆」

王様――このゲームの〈解説役〉が、尊大な口調で語り出した。

幽鬼《ユウキ》の六十二回目のゲーム――〈ロワイヤルパレス〉は、そうして静かに始まった。

（12／48）

王様が説明したこのゲームのルールは、いたってシンプルなものだった。

テーマは、剣による〈決闘〉。一定の間隔でプレイヤーは決闘場に呼ばれ、ほかのプレイヤーと一対一の試合をする。決着がついたら部屋に戻り、また呼び出しがかかるまで待つ。その繰り返しだ。

プレイヤーは全部で七十人。幽鬼《ユウキ》たちのような七人組のチームが、ほかにも別所に九つ、待機しているらしい。対戦のカードは個人対個人ではなく、チーム対チームという形で組まれる。お互いのチームが代表者を一人選び、戦うという構図だ。決闘の時間になったら、部屋にしつらえられている扉のロックが外れ、決闘場への道が開く。

肝心の決闘についても、さほど複雑なルールはなかった。双方が決闘場に揃《そろ》い、王様からの〈はじめ〉の合図をもって開始。持ち込める武器は剣ひとつのみ。決闘中の禁止事項は特になし。どちらかが降参を表明するか、外から見てバイタルが確認できなくなる――つまり明らかに死亡することによって、決闘は決着する。

「決闘は、全部で十八回行われる」

王様は言う。

「ほかのチームとの総当たり戦を、二回行うという計算じゃ。全体としては、計九十回の決闘が行われることになるの」

幽鬼《ユウキ》は頭の中で計算する。ほかに九つのチームがあるのだから、二回ずつ戦うとなれば全部で十八戦。十チームから任意の二チームを選ぶ組み合わせ数は十かける九に割る二で四十五通り、それを二回ずつで合計九十戦となる。

「十八戦すべてが終わったら、各チームごとの勝利数を比べる。勝利数が多い上位七チームがゲームクリアじゃ。言い換えれば、勝ち星の少ない三チームがゲームオーバー。我々の手でもって、その命を絶つ」

決闘のゲームにもかかわらず降参ができるのはそのためか、と幽鬼《ユウキ》は思う。一時的には助かっても、チームには〈負け〉が記録され、真の助かりからは遠のくというわけだ。十チーム中三チームがゲームオーバーということは、要するに三割死ぬということ。多くのゲームの死亡率と同じだ。実際の死者数はもっと多くなるだろう。降参のルールがあるとはいえ、決闘で命を落とすプレイヤーもいるだろうからだ。

基本的なルール説明は終了し、質疑応答の時間に入った。幽鬼《ユウキ》たちは、おのおの王様に疑問をぶつけた。

「どのぐらいのペースで決闘は行われるのでしょうか？」

誰かが聞いた。

「休憩時間は特に定めておらぬ。決闘が終わり次第、次の試合に移る。ただし、すべてのチームが決着するまで次には行かないので、早く決着させれば、いくらかは休めるということになるの」

「勝ち数同数のチームが複数あった場合、どういう処置になりますか？」また別の娘が聞いた。

「降参の回数が少ないチームを上位とする。それでもなお同点の場合、そのチーム同士で決闘を行い、勝ったほうのチームを上位とする」

「降参の回数に制限は？」またまた別の娘が聞く。

「ない。ただし、タイブレークに影響するので、選択は慎重に行うがよいぞ」

「ゲームの途中で、結果が確定した場合はどうなりますか？」

　さらに別の娘が聞いた。

「ええと、例えば……。十二勝以上のチームが、八つ存在することはありえないですよね。十二かける八は九十六で、全体の試合数よりも多いですから。十二勝したチームは生き残り確定になるわけですけど、その時点でゲームクリアになるのでしょうか？」

「その通りじゃ。クリアが確定したチームから抜けていく。以降の決闘では、すべて降参するという扱いになる。そのチームと当たったところは不戦勝できてお得じゃの」

「決闘のときには、チームから代表者を出すんですよね」

　と、今度は幽鬼《ユウキ》が聞いた。

「その代表者は、どうやって決めるんですか？」

「特に定めはない。志願制でも、ローテーションでも、くじ引きでも、好きな方法を使って決めるがよい。同じプレイヤーが連続して出場するのも可じゃ」

「誰も行きたがらない、という場合、どうなりますか？」

「その場合、こちらでランダムに一人を指名する。その者が拒否した場合、降参したのと同じものとして考える」

「……なるほど。わかりました」

質問をする者がいなくなったところで、モニターがぶつりと切れた。

七人のプレイヤーは、簡単に自己紹介をし合った。プレイヤーネームと、プレイ回数をおのおの申告。それが終わったところで、「さて……どうする？」と幽鬼《ユウキ》が言った。

「取り急ぎ、議論しなきゃいけないことが一個あるね。……誰から行く？」

それこそが、このゲームの肝だった。決闘に挑むプレイヤー――ひいては死亡するリスクがある役割を、誰が、どのようにして引き受けるのか。

幽鬼《ユウキ》は腰の剣を抜いた。刀身の側面に刃がついておらず、その代わり、先のほうが尖った形状をしている。レイピアというやつだろう。斬るのではなく、突き刺すタイプの剣だ。

「剣の腕に自信がある人はいる？」

幽鬼《ユウキ》は一同に聞いた。

剣道やフェンシングという競技がある通り、剣という武器は、熟達者が多くいる種類のものだ。この中にも一人ぐらいいるのではないかと幽鬼《ユウキ》は思ったのだが、しかし、しばらく待っても、我こそはという娘は出てこなかった。経験者がいないということなのか、あるいは、心得のある者はいるが、決闘の責務を避けるため隠しているのか。

「……さっき聞いたプレイ回数からすると」

と言うプレイヤーがいた。

「いちばんの上級者は、幽鬼《ユウキ》さんですよね」

幽鬼《ユウキ》は頷《うなず》いた。

　さっきの自己紹介で聞いたプレイ回数は、幽鬼《ユウキ》がダントツのトップ。ほかは全員三十回未満――〈三十の壁〉を越えていないプレイヤーだ。自己紹介をする前から、幽鬼《ユウキ》はそのことをなかば悟っていた。全員、まとっているオーラが達人っぽくはなかったし、幽鬼《ユウキ》とは初対面でもあったからだ。

「だから、最初は私が行くよ」と幽鬼《ユウキ》は言った。

「それ以降のことは、みんなで話し合って決めて。私に任せるのか、それとも、みんなで分担するのか」

　決闘に行くプレイヤーは死亡のリスクを負う。降参の制度があるとはいえ、宣言する暇なく殺されることもありえるからだ。それをずっと引き受けるというのは損な役回りではあるが、だからといって、腕に覚えのない人に分担させるのも考えものだろう。チーム同士で勝ち数の積み合いをするルールである以上、強い人が――つまりは幽鬼《ユウキ》が多く出場して、なるべく多く相手を倒すのがこのゲームのセオリーだ。一応、ほかの娘たちに決定権を委ねてはみたが、たぶん大半の試合を――下手したら十八戦すべてを、幽鬼《ユウキ》が戦うことになるだろう。

幽鬼《ユウキ》は、軽く剣を振ってみた。架空の対戦相手を目の前に想像し、しばらく剣を交わしたあと、その心臓を貫いてやった。

「扱えるんですか？」

そう聞かれたので、答えた。「うん」

「一通りの武器は触ったことがある。ゲームの中で扱うのは初めてだけど、やれるよ」

（13／48）

――玉藻《タマモ》を弟子にして一ヶ月後、こんな会話をした。

「とりあえず、どんな武器も一度は触ったほうがいい」

と幽鬼《ユウキ》は言った。

そこは、廃墟《はいきょ》だった。

いつかの民家と同じく、調達屋に用意してもらった場所だった。実銃でどんぱちやろうと、人が死のうと、誰にも目撃される心配のない人里離れた廃墟である。その一室にて、幽鬼《ユウキ》と玉藻《タマモ》は向かい合う形で座っていた。

二人の間には、これまた調達屋が用意してくれた武器の数々が並んでいた。拳銃やナイフのような登場頻度の高いものはもちろん、刀やレイピアのような特定のゲームでしか現れない種類のもの、ヌンチャクやクナイなんていう変わり種まで、一揃《ひとそろ》いである。

「初見じゃわかんないやつも結構あるからね。最低限扱えるよう、訓練します」

目の前にあったふたつの武器——刀とバタフライナイフを幽鬼《ユウキ》は見た。あの島にて、幽《ユウ》鬼《キ》と鈴々《リンリン》が使ったのと同一のものだろう。

おそらく、現在の玉藻《タマモ》には、このふたつを抜くことさえままならないはずだ。ナイフのほうは言うに及ばず、刀のほうも意外と難しかったりする。知識のない者では、攻撃可能な状態に展開することさえできない。心得のある者と相対したら、勝負にすらならない。上手《うま》い下手の問題ではない、それ以前の段階でアウトだ。

「扱えるようになったら、次は戦えるようにする。その武器が活《い》きる間合いを、目方ですばやく把握して……」

幽鬼《ユウキ》は、レイピアを手に取った。

それを鞘《さや》から引き抜くと同時に、地面を蹴った。一歩二歩、三歩と走りつつ、そばに転がっていた椅子のひとつに狙いを定め、一突き。幽鬼《ユウキ》はほとんど意識しないで一連の動作を行なったのだが、それでも、気づいたときにはぴったりの間合いに椅子が存在しており、レイピアにてその身を貫かれていた。長年の経験による技だった。

玉藻《タマモ》のほうを向いて、幽鬼《ユウキ》は言う。

「武器、状況を問わず、ちゃんと威力を発揮できるよう練習します。それで武器関連の話は終わり」

「……それだけですか？」

玉藻《タマモ》は驚いたように言った。

「もっと、剣術とか杖術とか……深いところまで触れるのかと思ってました」

「そういう人もいるけど、私はその流派じゃないな。ひとつの武器に深く通じるよりも、薄く広く、どんなシチュエーションでもある程度立ち回れるように鍛えてる」

それは、かつて幽鬼《ユウキ》が白士《ハクシ》から教わったことでもあった。ゲームの種目は多岐にわたるし、手に入る武器もその都度違うのだから、どんな状況にでも対応できる鍛え方をするべきだ、という思想である。受け売りではあったが、幽鬼《ユウキ》もその意見には賛成だった。

訓練を始めた。最初はバタフライナイフからやってみることにした。見た目が格好よくて、うまく操れたときの達成感が大きいので、最初に練習するのにはうってつけに思えたのだ。簡単にやり方を教えてから、刃がついていない練習用のものでトライしてもらった。

すると――。

「……!!」

勢いよく回ったハンドルが、玉藻《タマモ》の指を叩《たた》いた。

玉藻《タマモ》は、悶絶《もんぜつ》した。自分自身の経験を思い出しながら、あれ痛いんだよなあ、と幽鬼《ユウキ》は思った。

（14／48）

ソファの上で尸狼《シロウ》は目を覚ました。

（15／48）

「んあ……」

うなり声とあくびの中間みたいな声を出しながら、尸狼《シロウ》は起き上がった。

豪華な部屋だった。尸狼《シロウ》が寝かされていたソファやら、その他調度品やら、壁紙やら敷物やら、その場に漂う空気にすらも格調高い風味を感じる。一呼吸二呼吸して、自分の中に元気が湧いてくるのを尸狼《シロウ》は感じた。やはり、こういう場所のほうが自分には似つかわしいと思う。カボチャ畑だの廃病院だの、辛気臭い場所が舞台のゲームより、よっぽどやる気が湧いてくる。

「あ——起きましたか」

誰かの声が聞こえたものの、それを無視して尸狼《シロウ》はソファを降りた。

近くに備え付けてあった鏡に向かう。大きな鏡であり、尸狼《シロウ》自身の姿をくまなく映すことができた。自分が剣士の格好をしていることをまず確認。続いて、尸狼《シロウ》はますます鏡に近づき、鏡像の自分自身とにらめっこをした。

「あの、ちょっと……」

誰かの声が聞こえたが、それを無視して尸狼《シロウ》は鏡を見つめた。

左右反転してもいい顔だな、と我ながら思った。綺麗《きれい》な作りではなかったが、力強さを感じる。この世を制するにふさわしい女の顔だ。白と黒の入り混じった頭髪——〈尸狼《シロウ》〉のプレイヤーネームに合わせたものだ——をちょいちょいと触り、軽く身なりを整える。狼の尾を意識したしっぽ髪を触って、それがちゃんと結ばれていることを確かめる。

いいね。今日も私は、最高に冴えてる。

「……ちょっと！　聞いてますか！」

誰かの声が大きくなった。尸狼《シロウ》は振り返った。

六人の少女が立っていた。

全員、尸狼《シロウ》と同じく剣士の装いをしている。うち一人が、ほかの娘と比べて多少前に出ている。たぶん、尸狼《シロウ》を呼んだのはこの娘だろう。

「ども」

尸狼《シロウ》は、軽く挨拶した。

「ども、じゃないですよ。何度も呼んだのに……」

先頭の娘が言った。やっぱり、この娘で間違いないらしい。

「何度もって、二回だけでは？」尸狼《シロウ》は答える。

「五回は呼びました。半分以上聞いてなかったんですね……」

そんなにも、と尸狼《シロウ》は思った。全然聞こえてなかった。作業をしている最中は、周りの声が耳に入らなくなる。自分の悪い癖だ。

「いやあ、失敬」

尸狼《シロウ》は、帽子を取って礼をした。

「これから一緒に戦う人に、とんだご無礼。お許しください」

「……一緒に戦うって、どうしてわかるんですか？」

「おや、違うんです？　なんとなくそうだと思ったんですが。だとしたらどんなルールなので？」

「いえ、それはまだ……」

とまでその娘が言ったところで、モニターが光を灯《とも》した。

（16／48）

王様から、ありがたいルール説明が行われた。

剣士と剣士の果たし合いをテーマにしたゲーム。お呼ばれのたびにプレイヤーは決闘場へ行き、対戦相手と剣で突き合う。片方の絶命、または降参によって決着。ここにいる七人で十八戦を分け合い、最終成績が上位七チームに入ればゲームクリア。決闘のゲームという性質上基本的には個人戦であるが、この七人は決闘の出場回数を分け合い、クリアの可否をともにする一蓮托生《いちれんたくしょう》の関係でもある。

モニターが消えて、娘たちは話し合う。

議題はもちろん、誰から誉れある剣士になるのかについて。

「全部で十八戦。七人でローテーションするとすれば、一人につき二、三戦ですか」

ある娘が言った。そばかすに三つ編みの、田舎者っぽい娘だった。

「いや……でも、全員でローテするのは適切じゃないのでは？　誰が勝っても、同じ一勝なわけですから。いちばん強い人に行ってもらって、〈降参する〉か〈戦う〉か、その判断を委ねるというのが賢明かと」

　また別の娘が言った。背筋の曲がっている娘だった。

「この中に、剣の腕前に自信がある人は？」

「そんなん言われて、誰も手えあげへんて」

　コテコテの関西弁の娘が答えた。

「ひとまず全員、一度は戦ってみるのはどう？　負けた人は、次のローテーションから外すとか……」

「それじゃわざと負けようとするだけだろうよ。降参を誘うシステムにするのは、よくないね」

　小学生ぐらいの娘が提案し、大学生ぐらいの娘が否定した。

「…………」

　顔のほとんど全体を髪で覆っている娘が、議論を静かに見守っていた。

　己のチームメイトである六人をそれぞれ観察して、だめだね、と尸狼《シロウ》は静かに思った。六人とも、なんか全然オーラを感じない。冴えないやつらだ。どうせすぐ死んじまうだろう。

「あなたの意見は？」

話を振られた。「そうですねえ」とソファの上で足を組みながら、尸狼《シロウ》は答える。

「誰も行きたくないなら、私が行ってもよろしいですかな」

「……自信があるんですか？」

「いいえ？　でも、聞く感じ、腕に覚えのある方はこの中にいないんでしょう？」

尸狼《シロウ》はスプリングの反発を利用して、跳んだ。ソファに飛び乗り、剣を抜いた。

「だったら、人に振り回されるより、自分の責任でゲームの趨勢《すうせい》を決めたいですな。決闘に勝っておけば、賞金額にも上積みがあるかもしれませんし」

ゲームクリア後、プレイヤーに与えられる賞金――その銭嵩《ぜにがさ》がいかにして決まるのかは明かされていない。しかし、これまでに受け取った額やほかのプレイヤーの話を聞くに、ゲームを盛り上げ、注目されればされるほど増加するのだと尸狼《シロウ》は睨《にら》んでいた。

「任せられない」

と言われた。

尸狼《シロウ》は声のほうを向く。さっきの髪の長い娘だった。

「私、あなたを見たことがある」

「へえ、そうでしたっけ？」尸狼《シロウ》は答える。「覚えがありませんな。どっかでお会いしました？」

「ほかの人にあっさり負けてるのを見た。任せられない」

「いつのことか知りませんがね、あれから私も成長したんですよ」

尸狼《シロウ》は、剣の切っ先をその娘に向けた。

「人間は成長する生き物でしょう？　それとも……それも信用ならないなら、ここで一戦、やってみせましょうか？」

「………」

髪の長い娘は、腰の剣に手をかけ、抜刀の構えをとるところまではいったのだが、

「いい」

と首を振った。

尸狼《シロウ》は肩をすくめた。冴《さ》えない人だな、と思った。

（17／48）

幽鬼《ユウキ》は、決闘場に向かった。

（18／48）

しばらく経《た》つと、再びモニターがついた。

対戦カードが映った。十個のチームが〈ＶＳ〉の文字を挟み、二列に並んでいる。〈チーム１〉から〈チーム10〉まで存在しているのであるが、うちひとつだけ違う色で表記されているものがあった。幽鬼《ユウキ》たちは〈チーム５〉らしい。対戦相手は〈チーム６〉だ。各チームには、人の形をした七つのマークと、〈０勝０敗〉の文字がくっついている。残りのプレイヤー数と勝利数を、逐次知らせてくれるゲームシステムのようだ。

モニターが映ったのとともに、がちん、とロックの外れる音がした。部屋の中にひとつあった施錠されていた扉が、開いたのだ。扉の向こうを幽鬼《ユウキ》がのぞいたところ、一本道が続いていた。幽鬼《ユウキ》が部屋を出ると、自動的に扉が閉じ、そして開かなくなった。なにかしらの決着がつかない限り、もう戻れない。

一本道を進んでいくと、岐路に行き当たった。いくつか並んでいる扉のうちひとつだけが開いていたので、その先へと進む。

まもなく、決闘場にたどり着いた。

円形のリングである。結構広い。片方の端から、もう片方の端にいる人間を拳銃でぎりぎり狙えるぐらいの広さ——というのが幽鬼《ユウキ》の印象だった。スポットライトが天井に多数。リングの端は高い金網が囲っていて、そのさらに向こうには、観客席が階段状に続いている。観客は一人たりとも存在していなかったが、その代わり、一席につきひとつ、監視カメラが置かれていた。それらがずらりと幽鬼《ユウキ》にレンズを向けていたので、見られている気分はひしひしと感じられた。また、観客席の最上段には大きなモニターがあった。画面が五分割されていて、それぞれ、異なる決闘場を映している。たぶん、プレイヤーたちがいる部屋のモニターも、同じものを映しているのだろう。決闘の様子は中継されるようだ。

幽鬼《ユウキ》が決闘場についたころには、すでに対戦相手もいた。

幽鬼《ユウキ》と同じく、剣士の格好で、うら若き娘さん。初対面——だと思う。雰囲気から察するに、たぶん十回前後のプレイヤーだ。ゲームには慣れているが、卓越しているという次元には至っていない。

そのプレイヤーが剣を抜いたのに合わせて、幽鬼《ユウキ》も剣を抜いた。〈はじめ〉の合図で開始、とルール説明にあったので、剣を合わせることはせず、お互い、相手に向けて構えるまでにとどめた。剣を握っている手から始まり、腕、肩、頭、上半身全体から下半身にかけて、全身の細胞がやがて来る開戦に備えた。

さて――意気揚々と出てきたものの、正直、ちょっと不安がある。剣による戦いに、自信がない。その辺の素人よりはもちろん強いと思うし、だからこそ一番槍を承ったのではあるが、かつてのように、負けるイメージが想像できないほどではなくなっていた。

幽鬼《ユウキ》は、意識して一度、まばたきをする。

目の前を見る。

自分の腕が見える。剣が見える。対戦相手が見える。しかし、その距離を、正確に把握することができていなかった。

なぜなら、すでに片方の視力がなくなっているからだ。

（19／48）

とうとう、行くところまで行ってしまったのだ。

六十一回目のゲーム後に受けた検査にて、失明を診断された。幽鬼《ユウキ》の右眼窩《がんか》にはまっているこいつは、もう光を感知しない。

元よりほとんど見えてはいなかったわけなのだが、しかし、ほとんど見えないのとまったく見えないのとでは大違いだった。右半分の視野がなくなるのはもちろん、遠近感と立体感も決定的に欠落する。あのぼやけた視野が、今や恋しいとさえ幽鬼《ユウキ》は感じる。

最近はなるべく、直接戦闘は避けるように立ち回っている幽鬼《ユウキ》だった。だが、このゲームではそうもいかない。勝利せずして生き残ることはできないルールだったし、右目のハンデを考慮に入れても、自分が出るのが一番勝算が高いだろう。やらねばならない。

幽鬼《ユウキ》は、舌を口蓋に当てるのだが——。

やめた。幽鬼《ユウキ》が見えていないことに、対戦相手はおそらくまだ気づいていないだろうからだ。これを使ったら、自分から教えることになる。今回は普通に戦うべきだ。

モニターの映像が、切り替わった。

王様が映った。「両名ともに、構えよ」と言った。

幽鬼《ユウキ》も、相手の少女も、改めて構えた。モニターから目を離し、前方の相手に集中した。

幽鬼《ユウキ》の意識が、この手に握る剣の先よりも鋭くなったころ、

「——はじめ！」

の合図が聞こえた瞬間に幽鬼《ユウキ》は動いた。

対戦相手に猛突進した。

事前に決めていた動きだ。先行を取る——攻撃から入る——攻めの姿勢を見せる、それが幽鬼《ユウキ》の第一戦略だった。見えないからって、そんな様子をおくびにも出してはならない。

あたかも見えているかのように、突かれるべき弱点などないかのように、上っ面だけでも勇敢さを繕うのだ。

お互いの剣が触れる距離に迫った。この時点で幽鬼《ユウキ》は前進をやめた。右目の失明を隠すには、短期決戦が肝ではある。この決闘が中継されていることを思えばなおさらだ。しかし——あえて一戦目だけは、そうしないことにした。攻めの姿勢は見せても、過剰には見せない。ゲームが早い段階のうちに、どこまでやれるのか確かめたかったからだ。

幽鬼《ユウキ》は相手と剣を合わせた。

金属の擦《こす》れる音が、ほかに誰もいない決闘場に響く。剣の戦いで誰もがそうするように、相手の剣、腕の動き、足運び、息遣い、醸している気配などなどに幽鬼《ユウキ》は注目を払うのだが、その方式に少しだけ工夫を加えていた。感覚的にやっていることで、はっきり言葉にして表すのは難しかったが——目に飛び込んできた情報をそのまま受け取るのではなく、それの持つ意味を抜き出して受け取る感じだ。相手の足が前に出たなら、〈近づかれた〉ことを覚えておく。自分が前に出ても〈近づいた〉ことを覚えておく。多くの回数〈近づいた〉のに〈近い〉と感じられていない場合、それは問題だ。実際の距離と感覚上のものにずれが出ている可能性が高い。そのようにして幽鬼《ユウキ》は、見るだけでは足りない距離感を絶えず補っているのだった。

その作業を続けること、数十秒ほど。

相手が、攻めっ気を強くした。

突く気だ、と直感した。

予想通り、相手は前に出た。対応して幽鬼《ユウキ》は下がった。そして――下がりつつも、そこに一工夫加えた。剣を握る左手だけを、あたかも空中に固定されているかのように、その場に残したのだ。剣の切っ先を、相手の腕がまもなく通過するであろう位置に置いた。

相手は片腕ごと剣を突き出し幽鬼《ユウキ》の胸を狙ったのだが、それが標的に達することはなく、どころか逆にその力を利用する形で、擦るように、幽鬼《ユウキ》は相手の腕を斬った。

「ぐっ――」

という声とともに、対戦相手は斬られたほうの手をひと震えさせた。

剣を落とした。それが地面に達しようとしたのを幽鬼《ユウキ》は蹴った。遠く離れていく音を幽《ユウ》鬼《キ》は聴きながら、自分の剣を少し上向きにした。その先端を――〈防腐処理〉にて白いもこもこ化した血液が付着したそれを、対戦相手の彼女の首に向けた。

さらに、一歩、これ見よがしに近寄った。

「……ま、」彼女は両手をあげた。「まいりました」

モニターの映像が切り替わった。「そこまで」と、王様が言った。

（20／48）

——玉藻《タマモ》を弟子にして一ヶ月半後、こんな会話をした。

「うわっ」

玉藻《タマモ》が、尻餅をついた。

そのさまを、模造の剣越しに幽鬼《ユウキ》は見た。

練習試合をしていた。お互い、模造の剣を手に持ち、かんかんとやり合っていたのだ。

結果は幽鬼《ユウキ》の勝利。玉藻《タマモ》の連続攻撃の隙をついた突きの一撃で、彼女に尻餅をつかせた。

幽鬼《ユウキ》は手を差し出した。「ありがとうございます……」と言いながら、玉藻《タマモ》は立ち上がる。

「……片目が塞がってても勝てないなんて……」

悔しそうな、歯痒《はがゆ》そうな、そんな顔を玉藻《タマモ》はした。

幽鬼《ユウキ》の右目には、眼帯がついていた。当時、まだ幽鬼《ユウキ》の右目は視力を残していたのだが、見えなくなったときのため、それを想定した練習をしていたのである。いわばハンデがついている状態だったのだが、それでも——この一戦に限らず何回戦っても——玉藻《タマモ》は幽鬼《ユウキ》に一勝すらもあげられていなかった。

「まあ、しばらく一緒に暮らしてるからね」と幽鬼《ユウキ》は言う。

「なんとなく、次の動きが予想できるのさ。勝てなくても気にすることはないよ」

「それは私も同じでしょう？　なのに……」

玉藻《タマモ》には、すでに一通りの戦闘術を教えている。しかしそれにしては、弱い。幽鬼《ユウキ》の教え方が悪いという可能性もあったが、たぶん、玉藻《タマモ》のスタンスに原因があると思われた。

「攻めには向いてないんじゃないかな」と幽鬼《ユウキ》は言ってみる。

「もっと防御的に戦ったほうがいいよ。今回もそうだったけど、カウンターを取られて負けてる試合が多いし」

玉藻《タマモ》の強みは、粘り強さにあると幽鬼《ユウキ》は見ていた。かつてのゲーム――〈ハロウィンナイト〉で、息絶え絶えになりながらも乱暴者から逃げ回っていたし、なんのヒントもなく幽鬼《ユウキ》の居所を突き止めてきたし、体力に関しては幽鬼《ユウキ》よりもある。防御方面の適性が高いのだ。逆に自分から攻めかかるのはあまりうまくない。威圧感を感じられないどころか、ポカポカという擬音すら聞こえてきかねないかわいらしさがある。彼女に攻めは無理だ。

「自分から攻めるんじゃなく、まずは硬く防御に徹する。そうやって相手を焦らして焦らして、ここぞというときに一発、みたいな。そういう戦法にしたほうがいいと思うな」

「でも、幽鬼《ユウキ》さんは、わりと積極的に攻めるスタイルですよね？」

「まあそうだけど」

別にこれが最強というわけでもない。幽鬼《ユウキ》の性分に合っているからそうしているだけで、スタイルは人によりけりだ。それにどちらかといえば、防御に適性があるほうが最強には近い。プレイヤーの仕事は生き残ることなのだから、逃げる力、守る力が高いほうがいい。

ところで、なんで急に幽鬼《ユウキ》の話を持ち出してきたのだろう、と思った。ちょっと考えて、いつかの玉藻《タマモ》の言葉を幽鬼《ユウキ》は思い出した。

――〈あなたのようになりたくて〉。

「私と同じスタイルがいいの？」

ぶっ込んでみた。

「えっ、あの、いや」と玉藻《タマモ》はあわあわした。

図星のようだ。うーむ、と幽鬼《ユウキ》は思った。

（21／48）

「そこまで」と王様が言った。

尸狼《シロウ》は、剣を止めた。

目の前の対戦相手を見た。狼狽《ろうばい》した表情。顔や衣服に、切り傷がいくつか。その手には剣を握っていない。尸狼《シロウ》に肩口を突かれたせいで、取り落としてしまったのだ。

尸狼《シロウ》の初めての決闘――〈チーム8〉の一戦目は、はっきり言って楽勝だった。対戦相手のプレイヤーは明らかにびびっていたし、剣の握り方すらなっちゃいなかった。おそらく、本人の希望によってではなく、じゃんけんでもして出場が決まったのだろう。それを見て取った尸狼《シロウ》は、決闘が始まるや否や果敢に攻めかかった。相手が息つく暇もなくあちこち突っついてやり、肩を深く刺して剣を握れなくさせた――その瞬間に降参を宣言してくれた。時間にして一分もしないうちに、決着はついた。

「賢い選択ですな」

尸狼《シロウ》はそう言って、剣をしまった。

そして、決闘場を取り囲むカメラに向かって、うやうやしくお辞儀をした。それが済むと、反対方向にくるりと回ってもうひとつお辞儀。〈観客〉のみなさまに挨拶を済ませて、尸狼《シロウ》は決闘場に来た道を戻り、プレイヤールームに帰還した。

「ただいま帰りました」

チームメイトの六人に尸狼《シロウ》は報告する。

「どうです？　ご覧になってましたか？　私の活躍……」

尸狼《シロウ》がどっかとソファに腰を下ろしたのと同時に、「ええ」と答える娘があった。

「お強いですね、尸狼《シロウ》さん」

「そうでしょう、そうでしょう」

尸狼《シロウ》は今回が二十一回目のゲームだった。〈三十の壁〉こそまだだが、それなりの熟達者である。経験にともない、実力がついているのを尸狼《シロウ》自身感じてもいた。最初のころは――あの髪の長い娘が〈見たことがある〉と言った通り――ほかのプレイヤーにしてやられることもあったが、最近はそういった機会も少なくなってきた。強くなっているのだ。

尸狼《シロウ》は、髪の長い娘を見た。モニターを見つめていて、尸狼《シロウ》とは目も合わせようとしない。「もしもし」と彼女に向かって声を投げかけた。

「信用していただけましたかな？　私の実力」

「………」

娘は間を空けて、「まあね」とそっけなく答えた。非を認めるのが嫌であるらしい。冴《さ》えないね、と思いつつ、尸狼《シロウ》もまたモニターに目を向けた。そこには、まだ決着していない決闘の様子と、それにより画面の隅へ追いやられた対戦表とが映っていた。その中のチームのひとつ――尸狼《シロウ》たちのことを示す〈チーム

8〉の下には、〈1勝0敗〉の文字が踊っていた。

（22／48）

第一戦目がすべて終了した。

対戦表に映るプレイヤー数に、変化はなかった。すべて降参にて決着がついたようだ。幽鬼《ユウキ》たちの〈チーム5〉には一勝、対戦相手の〈チーム6〉には一敗が。ほかのチームにもそれぞれの結果が記録された。

そして、二戦目が始まった。

〈チーム1〉だけを固定して、〈チーム2〉から〈10〉までが時計回りに回転し、新しい対戦表を作った。リーグ戦の対戦表の作り方としては、そうするのが一般的らしい。その動きから今後の対戦順を考えてみたところ、二戦目は〈チーム4〉。三戦目は〈チーム2〉で、四戦目は〈9〉で五戦目が〈7〉。その後〈1〉〈3〉〈10〉と続き、最後に〈チーム8〉と戦って一周となる。なんだか不規則な順番だった。ただ回転させてるだけなのにこうなるなんて不思議だな、と思いつつ、幽鬼《ユウキ》は二戦目に出場し、相手に降参を言わせて勝利した。

それからも、ゲームは滞りなく続いた。

三戦目、四戦目ともに、幽鬼《ユウキ》は勝った。片目であることが問題になることもなければ、幽鬼《ユウキ》を脅かす実力のプレイヤーが出てくることもなかった。決闘の様子はモニターで中継されているので、出ずっぱりの幽鬼《ユウキ》はほかのプレイヤーよりも多くの動きを晒《さら》していたはずだが、その情報格差が影響をもたらすこともなかった。ちょいちょいと相手の剣を捌《さば》き、〈まいった〉と言わせて、幽鬼《ユウキ》は順調に勝ちを積み上げていった。

五戦目になるとさすがに疲れが溜《た》まってきたので、一旦、ほかの娘に出場してもらった。わりと頑張ってくれたのだが、結果は敗北。降参にて決着したので命は落とさずに済んだ。六戦目から幽鬼《ユウキ》は復帰。続く七戦目とともに、さらにふたつの勝ち星を積んだ。

八戦目も当然勝利——と言いたいところだったが、ここで少し問題が起こった。

それまで通り幽鬼《ユウキ》は対戦相手を圧倒し、降参の言葉を引き出そうとしたのだが、その誘導になかなか乗ってもらえないのだった。八戦目——対戦相手は〈チーム10〉。モニターに映し出されている現在のスコアは、〈1勝6敗〉だった。もう、あとがない。これ以上はやすやすと降参できない。おそらくはそう感じているのだろう。いたずらに殺しをしないというのが幽鬼《ユウキ》のプレイスタイルではあったが、この場合はやむをえない。両目が揃《そろ》っているときならまだしも、現在の幽鬼《ユウキ》には余裕がないのだ。致命傷に至る部位を何度も何度も突き刺し、その命を容赦なく終わらせた。

悪いね、とは言わなかった。

そのプレイヤーの犠牲により、〈チーム5〉のスコアは〈7勝1敗〉を記録した。むろん、十チーム中単独首位である。これまでに勝ってきたチームとはもう一度当たるわけで、そのときにも勝利が期待できるのだから、ほとんど十四勝が内定しているといえる。この調子なら無事クリアできるだろう、生存確定の十二勝までそう時間はかからないだろう――そう思われたところでの、総当たり戦一周目の最終試合、第九戦目であった。

対戦相手は、〈チーム8〉。

（23／48）

九度目の決闘場に幽鬼《ユウキ》は赴いた。

すると、対戦相手が先乗りしていた。

狼のような髪の毛をしたプレイヤーだった。白と黒の半々ぐらいの混合で、尻尾を思わせる一束が後ろから垂れ下がっている。身長は高め。例のごとく剣士の格好をしていて、とても似合っている。格好いいとか綺麗《きれい》とかいうより、なんというか、いかしてる感じだ。

「やあやあ、どうも」と彼女は言ってくる。

「どうも」と幽鬼《ユウキ》は挨拶を返す。

「幽鬼《ユウキ》さん、ですね？　お久しぶりですな」

「……？」

幽鬼《ユウキ》は、対戦相手たる彼女を今一度観察した。「会ったことあるっけ」と言った。

くくく、と彼女は喉で笑った。「覚えてもらえてませんか。切ないなあ」

「では、改めまして。……尸狼《シロウ》と申します。どうぞお見知り置きを」

帽子を取り、大きな動きで彼女は礼をした。

名前を聞いても、いまいち思い出せなかった。そう言われると見覚えがあるような気もしないでもないのだが、はて、どこで会ったのだろう？

「それにしても、すごいですねえ」

尸狼《シロウ》はモニターに目を向けた。より正確には、モニター上の〈チーム5〉、その下に記されている〈7勝1敗〉の文字に目を向けていた。

「〈7勝1敗〉。あの一敗はほかの人が出たやつですから、個人の成績としては全勝。いやはや、お強いですなあ」

幽鬼《ユウキ》は答えない。相手の様子をじっとうかがう。

「そんなもんですから、ね。ぶっちゃけた話、この試合は捨ててもいいんですよね」

尸狼《シロウ》は辺りを歩き回りつつ、言う。

「チームメイトから満場一致でそう言われてるし、私自身、そう思います。三十回にも届かない私じゃあ、勝利は望み薄ですからね。——けれども」

尸狼《シロウ》は、芝居がかった動作で剣を抜いた。

「ただ負けを認めるのも癪《しやく》ですからね。ちょっとだけ抵抗させてもらいますよ。……今度こそ、名前を覚えていただけるように」

なんだか劇場型なやつだな、と思いつつ、幽鬼《ユウキ》も剣を抜き、構えた。

あたかもそれを待っていたかのように、モニターが王様を映した。「両名ともに、構えよ」の前置きを踏んでから、

「はじめ！」

開始の合図とともに、幽鬼《ユウキ》は前に出た。

今までと同じ動きだった。変なやつが相手だろうと、相手が自分を知っていようと、やることは変わらない。一戦目の例外をのぞき、これまでの決闘をすべて、短期決戦によって幽鬼《ユウキ》はケリをつけていた。目まぐるしく攻めかかり、物理的にも精神的にも相手を後退させて、降参に持ち込む。回により多少の違いはあれど、大枠としてそのような試合運び

になっていた。むろん今回もそれに準ずるつもりだった。

――しかし。

尸狼《シロウ》は、これまでの相手とは違うようにした。

後退するのではなく、器用な足運びで、右方向に動いた。

「っ――」

幽鬼《ユウキ》のわずかな動揺とともに、二人の剣が合わさり、金属音を発した。

剣同士は触れるものの、相手に触れることはできない距離――その間合いにて二人は戦う。互いに互いの剣を捌《さば》きつつ、間合いを調整しつつ、隙をうかがう。その最中、尸狼《シロウ》はたびたび右方向に動いた。幽鬼《ユウキ》もその都度、体の向きを修正した。右回りにぐるぐるとしながら戦う格好になった。

右目の見えない今の幽鬼《ユウキ》にとって、右側は鬼門だ。遠近感だ立体感だなんていうケチな話ではない、ダイレクトに見えなくなるのだ。前後に動かれるよりもよっぽど、右側に回られるほうがきつい。

しかし、解せない。確かにそうされるときついのだが、尸狼《シロウ》はなぜそうするのか。後ろでも左でもなく、どうして一貫して右側に回り込もうとするのか。

見えている左目と見えていない右目の両方で、幽鬼《ユウキ》は尸狼《シロウ》を睨《にら》みつける。

——気づいているのか？　この私の抱える事情に？

視線に含めたメッセージが正しく伝わったか否か、果たして知れない。

だがしかし、少なくとも応答はあった。剣捌きの手を止めず、右方向に偏りがちな足運びも止めず、幽鬼《ユウキ》の攻撃が途切れたわずかな隙間にねじ込むかのように、尸狼《シロウ》は、にやりとした。

「——！」

その笑みが、不安が、幽鬼《ユウキ》に勝負を急がせた。

前に出た。持ち前の反射神経を活《い》かし、こちらの首を狙ってきた尸狼《シロウ》の剣を無理矢理《むりやり》、つかんだ。その剣ごと彼女を引き寄せ、自分自身もさらに踏み込んで、幽鬼《ユウキ》はもう片方の手を——ひいては握った剣を——全力で突き出した。

尸狼《シロウ》の右胸を、貫いた。

やった、とその瞬間は思った。

だが、すぐに、三つの誤算があることに気づいた。一つ目は距離を測り損ねたこと。踏み込みすぎ、近づきすぎた。深く刺しすぎた。剣を使用するまでもなく、直接、お互いの手が届く距離に来てしまった。二つ目は、そのとき、幽鬼《ユウキ》のガードがおろそかだったということ。尸狼《シロウ》の剣をつかむのに片手を、自分の剣を持つのにもう片方を使っている。これでは、尸狼《シロウ》がなにをしてきたところで防御できない。そして三つ目は、剣士の決闘にありながら手を使うという無法を犯した幽鬼《ユウキ》に、同じ形の報復をする権利が尸狼《シロウ》にもあるということだった。

彼女の目は、闘志をなくしていなかった。

尸狼《シロウ》の手が迫ってくるのを、立体感のない視野で幽鬼《ユウキ》は見た。

左目との距離が、ゼロになった。

（24／48）

「――まいった！」

モニターの中で、尸狼《シロウ》の対戦相手――幽鬼《ユウキ》が言った。

そのさまを、〈チーム8〉、尸狼《シロウ》のチームメイトである六名は、食い入るように見ていた。幽鬼《ユウキ》の降参を聞いた王様が、まもなく決闘の終了を宣言。二人はそれぞれ、重そうな足取りで決闘場を出ていった。しばらくすると、足音が聞こえてきて、決闘場とプレイヤールームをつなぐ扉が開いた。尸狼《シロウ》が、モニターに映っていたそのままの姿で戻ってきた。

胸に剣が刺さったままの姿で。

「なっ――」誰かが言う。「なんて馬鹿なことを！」

その通りだ、と〈チーム8〉の一員たる三堂《ミドウ》は思った。七連勝中の彼女――どうやら幽鬼《ユウキ》という名前らしい――との決闘は、捨てるという話だったはずだ。対戦相手をことごとく秒殺するあの幽霊の所業を目の当たりにすれば、その結論に至るのは自然なことだった。誰も文句は言わなかったし、尸狼《シロウ》だってそれを了承して決闘場に向かったはずだ。

なのに、蓋を開けてみればこの始末。勝ったからいいようなものの、生還できたからいいようなものの、少し運命が違えばどうなってもおかしくなかった。そんなリスクを負ってまで、どうして彼女は――。

「は、はは……」

苦しそうな呼吸の中にほんのちょっと含ませるようにして、尸狼《シロウ》は笑う。

「熱くなっちまいましたな。もっと早く、やめにするつもりだったんですが」

尸狼《シロウ》は、自分の胸を――そこに深々と刺さっていた幽鬼《ユウキ》の剣を、指差した。

「ねえ。ところで、これって抜いていいんですかね？　これじゃ、横になるのもおぼつかないんですが……」

「……〈防腐処理〉があるから、大丈夫」

答えたのは、髪の長い娘だった。

「抜いても、大量出血はしないよ。かなり痛むだろうけど……」

「そうですか。じゃ、お願いしますよ」

「私がやるの？」

「ええ。頼みます」

尸狼《シロウ》は、左手で、髪の長い娘にちょいちょいと手招きをした。

その指先には、白いもこもこが付着していた。


（25／48）


壁に手をつきながら、幽鬼《ユウキ》はプレイヤールームに戻った。

「お疲れさまです」とチームメイトが労《ねぎら》ってくれた。

姿は見えない。声だけだ。「ありがとう」と幽鬼《ユウキ》は受け答えをして、真っ暗闇の中を進んだ。記憶している部屋の間取りを思い出して、ソファを探り当て、そこに腰を下ろした。

「あの、まさか……」

その振る舞いを見てのことだろう、チームメイトが聞いてくる。

「見えてないんですか？」

「うん」幽鬼《ユウキ》は正直に答えた。

現在、幽鬼《ユウキ》の両目は閉じている。右目はもとより見えておらず、左目はさっきの決闘で、尸狼《シロウ》に突かれた。

尸狼《シロウ》の最後の抵抗――それにより左目をえぐられた瞬間、幽鬼《ユウキ》は降参を言った。あのまま戦いを続ける選択もあったのだが、こちらの剣は深く刺さった状態だったし、相手はまだ動ける状態のようだったし、なにより、視界の消滅に幽鬼《ユウキ》がびびってしまったというのもある。とまれかくまれ、続けるのは得策ではないと幽鬼《ユウキ》は判断したのだった。

まぶたの上から、左目に触れてみる。

痛みが走る。だが、それだけだ。出血はないし、眼球に違和感もない。角膜に傷を入れられただけ――だと思う。しょせんは爪で引っかかれただけなのだし、深手には至ってないはずだ。時が経《た》てば自然治癒すると思う。

しかし、差し当たり、幽鬼《ユウキ》の左目は用を成さなかった。痛みに耐えつつまぶたを上げても、なにも見えない。このゲームの間に治ることはないだろう。

「…………」

額に手を当てた姿勢で、幽鬼《ユウキ》は考える。

もちろん、こういったケースのことも想定はしている。だからこそ幽鬼《ユウキ》は鈴々《リンリン》を訪ね、反響定位の訓練をしていたのだ。しかしながら、今現在の幽鬼《ユウキ》のそれは、まだ万全とは言い難い。これから先の決闘を戦える自信が、幽鬼《ユウキ》にはない。

「……あとの試合は、みんなに任せてもいいかな」

だから、幽鬼《ユウキ》は言った。

チームメイトに呼びかけたつもりだったのだが、けれども、返事は返ってこなかった。

（26／48）

――玉藻《タマモ》を弟子にして二ヶ月後、こんな会話をした。

「……本当に、なくしているのですね。その指……」

玉藻《タマモ》が言った。

幽鬼《ユウキ》は「うん」と答えて、自分の左手――親指と人差し指しかないそれを、瞳に映した。

義体職人の屋敷だった。義指の点検のため、足を運んだ。用事があるのは幽鬼《ユウキ》一人だけだったが、せっかくの機会なので玉藻《タマモ》も連れてきたのだった。中指から小指にかけてを取り外した幽鬼《ユウキ》の左手を見て、玉藻《タマモ》はたじろいでいた。

「三十回目のゲームでね、やらかした」と幽鬼《ユウキ》は言う。

「電流の罠《わな》で、こんがり焼かれちゃった。〈防腐処理〉があるとはいえ、さすがに治らなかったみたい」

「生活に支障はないのですか？」玉藻《タマモ》が聞いてくる。

「ない。生身の指と遜色ないぐらい、よく動く」

もっとも、機能は同じでも見た目まではごまかせない。近くで観察すれば、義体だということはわかってしまう。なので、無用のトラブルを避けるため、普段の生活においては左手を隠すことを強いられている幽鬼《ユウキ》だった。しかし、困ることといったら、せいぜいそのぐらいである。

「指以外の部位も、職人さまは提供しているのですよね？」

「もちろん。腕一本まるまるだって用意してくれるし、両脚や、一部の臓器に至るまでなんとかしてくれる。逆にサポート対象外なのは、目とか耳とか、そういうデリケートな作りの器官。その辺りに傷を受けると取り替えはきかないから……」

幽鬼《ユウキ》は、右目の下をつつく。

「私みたいにならないよう、気をつけてね」

尸狼《シロウ》は、夢を見た。

（28／48）

何度も見た夢だ。詳細は毎回違う。尸狼《シロウ》の経験を下地にしていたが、事実とは食い違っていることも多々ある。だが、コアの部分、尸狼《シロウ》にとって決定的だった部分だけは、いつも同じだ。

その夢は、自分が人を殴っているところから始まる。殴り合いではない。一方的に殴っている。その対象は毎回異なり、バイト先のいけすかない同僚だったり、幼稚園のころのガキ大将だったり、問題行動をやらかした有名人だったりする。実際の出来事としては、尸狼《シロウ》の所属していたサッカーチームのコーチだった。SNSで毎日のように存在を語られるような、サスペンスドラマだったら間違いなくこいつが殺されんだろうなというような、どの角度から見ても醜悪な豚だった。

さほど時間もかからずに、そいつを叩《たた》きのめす。

そして、達成感が湧き上がる。ただの勝利ではない、悪を討ったのだという道義的な喜び。癖になりそうな快感。さあ。この功績をみんなにも見てもらおう。そんな気持ちを胸に、割れんばかりの祝福を頭に浮かべながら堂々と凱旋《がいせん》した。

しかし、そのようにはならなかった。

詳細は様々なれど、尸狼《シロウ》は周囲から轟々《ごうごう》に非難を受け、立場を追われた。どういうことなのかまるでわからなかった。お前らだってさんざん困らされてきただろうに。さんざんあいつの陰口を叩いてきたじゃないか。死んでくれればいいと思ってたはずじゃないか。いざそれが実現したら急に真面目ぶるのはやめろよ。なあ。いかれたかきさまら？　白馬の王子様の手を払いのける姫様なんて救いようがない。

尸狼《シロウ》の文句などお構いなしに、すべてを失わされた。なにか、全財産を差し押さえにでもされたかのような、呆然《ぼうぜん》とした気持ちで尸狼《シロウ》は日々を過ごした。この世界はフェアじゃない。その言葉が頭を回り続けた。とてもなにかする気にはなれなかった。このままでは行く末はプー太郎か、あるいは半グレか。そんな未来を予想していたときのことだった。

「――お金にお困りですか？」

スカウト専門のエージェントが、尸狼《シロウ》に声をかけてきた。

いつも、ここで目が覚める。

（29／48）

プレイヤールームの、ソファの上だった。尸狼《シロウ》は体を起こそうとして——痛みに顔をしかめた。自分が怪我《けが》をしていることを思い出す。姿勢を元に戻しつつ、尸狼《シロウ》は胸に手を当てた。チームメイトたる髪の長い娘の協力によって、すでに剣は引き抜かれていたものの、傷は残っていた。触ると痛いし、ちょっと動いただけでも痛い。でも、どうやら、くたばらずに済んだようだ。

　眠ってしまっていたらしい。どのぐらい寝ていたのだろう、と思いながら、尸狼《シロウ》は首だけ動かして部屋のモニターを見た。決闘の様子が映っている。二つはいまだ試合中で、あとの三つは決着済み。その映像によって、スコアボード付きの対戦表は端に追いやられており、表示が小さくなっている。尸狼《シロウ》は目を凝らすのだが、映っている数字をはっきり見ることができなかった。今は何戦目なのか。自分のチームは何勝しているのか——。尸狼《シロウ》はますます両目に力を加えたが、それでもスコアボードを見ることはできなかった。

　その視線に、人の姿がかぶさってきたからだ。

「起きた？」

という声が降ってきた。

尸狼《シロウ》は顔をあげようとしたが、また胸の痛みに襲われた。「うぐう」とうめき苦しんでいると、その姿を哀れに思ったのか、それともよく観察してやろうと思ったのか、声の主はしゃがんで、ソファに寝転がる尸狼《シロウ》と目線を合わせてくれた。

尸狼《シロウ》の目の前に、ものすごい美人さんが現れた。

「うおっ……!?」

思わず尸狼《シロウ》は身を引いた。

そして、胸の痛みに襲われた。再びうめき苦しむ尸狼《シロウ》。

「なにやってんの」と美人さんは半眼になって言った。

「だ……誰なんです？」

尸狼《シロウ》は聞いた。自分のチームメイトに、こんな美人さんはいなかったはずだ。どいつもこいつも冴《さ》えないやつばかりで、名前すら記憶していない。

美人さんは、結んでいた髪を解き、下ろした。

その正体は、果たして――いつか尸狼《シロウ》には任せられないと言った、髪の長い娘だった。

「な……」尸狼《シロウ》は言う。「そんな、ご尊顔だったんですか？」

「普段は隠してるんだよ。良くも悪くも目立つ顔だから……。決闘に出るのには邪魔だったから、結んだけど」

「ははあ……。もったいないですなあ、隠しちまうなんて。私なら堂々と晒《さら》しますぜ」

「人の勝手でしょ。私は隠すの」

「確か、前にもお会いしたことあるんですよね？　髪を上げといてくれてたら、あなたみたいな人を忘れるわけがなかったのに」

「いや、前のときは隠してなかったけれど、ちょっと体型が……」

「？」

「それよりも」髪の長い娘は咳払《せきばら》いをして、「ゲームがどうなってるか、聞かないの？」

「ああ、そうでしたね……。どうなっているので？」

「今、十六戦目の最中」

　髪の長い娘は尸狼《シロウ》の前からどいて、モニターが見えるようにした。

「〈チーム8〉は、〈7勝8敗〉。下位ではないけど上位でもない。あと三戦分の結果によっては、ゲームオーバーもまだまだありえる位置だ」

　九戦目――すなわち尸狼《シロウ》が負傷するまで、〈チーム8〉の出場シフトは尸狼《シロウ》を中核としていた。〈チーム5〉の幽鬼《ユウキ》がそうだったように、一人のプレイヤーが連続で戦い、疲労が溜《た》まったらほかのプレイヤーに代わって休憩するシステムである。九戦目終了時における尸狼《シロウ》個人の成績は〈5勝1敗〉、チーム全体の成績は〈5勝4敗〉だったと記憶している。

それが現在は〈7勝8敗〉ということは、つまり、二勝分増えているわけだ。尸狼《シロウ》が抜けたあとも、ちゃんと勝ち数を重ねてくれていたようである。冴《さ》えない連中といえども全敗ということはなかったらしく、尸狼《シロウ》は一安心する。いや――もしやすると、そのじつ冴えてる人だったこの髪の長い娘が、二勝分をあげてくれたのだろうか？〈あなたは決闘に出られたので？〉と尸狼《シロウ》は質問を投げかけようとするのだが、しかしその前に、

「終わったね」

と髪の長い娘が言った。

視線は、モニターに向いていた。どうやら決闘が〈終わった〉らしく、中継の映像がなくなり、対戦表が画面いっぱいに映っていた。〈チーム8〉は勝利できたようで、〈7勝〉から〈8勝〉に表示が切り替わった。尸狼《シロウ》はなんとなく、幽鬼《ユウキ》のいたチーム――〈チーム5〉のスコアに目を向けてみた。

〈7勝9敗〉、だった。

（30／48）

〈チーム5〉は十六戦目を終えた。

スコアボードに、新たな一敗が刻まれた。

（31／48）

幽鬼《ユウキ》は視力を失った。

決闘に出ることもできなければ、モニターの映像を見ることもできない。よって、ほかのプレイヤーたちから、口頭にてゲームの情勢を教えてもらわないといけなかった。

それによれば、〈チーム5〉の置かれている状況は次の通りである。

十戦目から十六戦目に至るまで、七連敗を喫している。幽鬼《ユウキ》以外のプレイヤーが順繰りに出場し、そして雁首《がんくび》揃《そろ》えて負けて帰ってきた。なんて頼りないやつらだ——という感想を抱く幽鬼《ユウキ》だったが、しかし、しょうがない要素もあるなと思っていた。幽鬼《ユウキ》以外のメンバーはあまり強くないようだったし、勝利数に余裕があると、気持ちに濁りが生まれてしまう。ここで勝たなくてもいい。自分が勝たなくても誰かがやってくれる——。土壇場でそういう考えが浮かび、降参に流れやすくなってしまうのだ。ほかのチームのプレイヤーと比べれば、どうしても、真剣に決闘には向き合えなくなる。

ともあれ、十六戦目の終わった時点で、〈チーム5〉のスコアは〈7勝9敗〉。これは最下位に近しい成績である。現在における全チームのスコアは、十勝をあげているチームが二つ。九勝のチームが一つ。その下に八勝と七勝のチームが三つずつ続き、最後に、最下位となる六勝のチームが一つ存在する。

つまり、八勝付近で団子になっているのだ。七勝のままではゲームクリアの可能性はかなり低いし、ひとつ増やして八勝になったとしても怪しい。タイブレークは降参の回数にて行うルールであり、〈チーム5〉は今のところ全員生存——すなわち、すべての敗北を降参という形で刻んでいるからだ。

生き残るには、九勝が欲しい。

どうしても、あと二回、勝って終わりたい。

「……誰が行きますか？」

〈チーム5〉の控室で、メンバーが言った。

十六戦目がすべて終了し、十七戦目に出るプレイヤーを決める会議だった。

残る決闘はふたつ。十七戦目と、十八戦目。対戦相手は、それぞれ〈チーム10〉と〈チーム8〉。どちらも生と死の境界線上にいて、一筋縄ではいかなそうな相手だ。

〈チーム10〉。現在のスコアは〈7勝9敗〉。八戦目に幽鬼《ユウキ》が戦った時点では〈1勝6敗〉

だったはずだが、敗北を重ねてあとがなくなったことで死に物狂いとなり、順位を上げてきた。幽鬼《ユウキ》たち〈チーム5〉とは真逆の遍歴を描いているチームである。この十七戦目もきっと、高い熱量で挑んでくることだろう。

そして十八戦目――最終戦の相手は、〈チーム8〉。尸狼《シロウ》のいるチームである。幽鬼《ユウキ》の左目と引き換えに胸部を刺してやったので、彼女が出てくることはもうないだろうが、それでも因縁の相手といえる。

いずれも、重要な決闘だ。

しかし、チームメンバーのうち、出場を願う者は現れなかった。ここにいる全員、最低一回は降参を宣言している。勝利できる自信を誰一人として持っていないのだ。

重苦しい空気を、幽鬼《ユウキ》は肌で感じる。

王様の言っていたルールを思い出す。希望者がいない場合、決闘に出るプレイヤーはランダムに決定される――。あるいはその采配に委ねるのも手かもしれなかったが、幽鬼《ユウキ》のプレイヤー気質はそれを許さなかった。

「私が行ってもいい？」

なので、幽鬼《ユウキ》は言った。

チームメイトが息を呑《の》む声を聞いた。両目を閉じている幽鬼《ユウキ》にその顔は見えなかったが、さぞかし、驚き、困惑しているのだろうと思った。

「視力が回復したのですか？」

誰かが聞いてくる。「ううん」と幽鬼《ユウキ》は首を振る。

「だから、見ずに戦うことになるね」

思いのほか傷が浅かったみたいです、もう治りました——と嘘《うそ》をつくこともできたが、幽鬼《ユウキ》はそうしなかった。チームメイトを騙《だま》す形にはしたくなかったからだ。

「一応、こういった事態も想定はしてる」

幽鬼《ユウキ》は、座っていたソファから降りた。

「視力に頼らず、戦う作法も心得ている。……ここで誰かと試合して、それを証明してもいい」

幽鬼《ユウキ》は剣に手をかけ、耳を澄ませた。

六人全員が斬りかかってこようと対処する心づもりだったのだが、しかし、誰も攻めてこなかった。

「……本当に、やれるんですね？」と聞かれるのみだった。

やれるよ——と答えてやるのが、この場面のベストなのだろう。幽鬼《ユウキ》としても、そうしたいのはやまやまだった。自信満々に答えて、チームメイトを安心させてやりたいところだった。

「……やるしかないね」

だが、実際に出てきたのは、そんな曖昧な言葉だった。

（32／48）

――玉藻《タマモ》を弟子にして二ヶ月半後、こんな会話をした。

「うぐっ」

幽鬼《ユウキ》は、胸を打った。

予想外の衝撃だったので、思わず後ずさった。が、すぐ後ろにもなにかしらの物体があったようで、幽鬼《ユウキ》はそれに体重を預ける格好になった。その物体もろとも、幽鬼《ユウキ》は床の上に横倒しになってしまった。

幽鬼《ユウキ》は、目隠しを外した。

六畳一間のアパートだった。

己の下にあるものを見た。ストーブだった。タワー型をしていて、ワンルームの部屋においてもスペースをとらない便利なやつである。暖房を出すにはまだ早い季節だったのだが、所用のため、押入れから出動してもらっていた。

前を見ると、冷蔵庫が置いてあった。単身者用のものであり、高さは幽鬼《ユウキ》の胸ぐらい。どうやらこれにぶつかってしまったらしい。部屋の真ん中辺りに鎮座していて、もちろん、通常ならこんな場所には置いておかないのだが、やはりこれも所用のため、いつもとは位置を移していた。

「大丈夫ですか、幽鬼《ユウキ》さん」

玉藻《タマモ》の声がした。

部屋の隅に立てかけられている机の後ろから、その声は聞こえていた。「平気平気……」と答えつつ、幽鬼《ユウキ》は部屋を見渡した。

幽鬼《ユウキ》の部屋。定住すること数年にもなる、いつものアパート。

しかし、その内装はいつもと違っていた。あたかも引越し業者に運ばれてきた直後のように家具が乱立していたし、家具と家具の間にはガムテープが引かれ、バリケードの様相を呈していたし、床の上にはところどころ、空き瓶やビー玉などの悪意ある小物がばら撒《ま》いてあり、不用意に踏むと痛かったり、転んでしまったりする。すべてのセッティングは玉藻《タマモ》が行なっているので、どこになにが置いてあるのか、幽鬼《ユウキ》は知らない。

訓練中だった。右目の視力が落ち始めていた幽鬼《ユウキ》は、反響音で周囲環境を把握する練習をしていた。玉藻《タマモ》が配置した家具やバリケードをくぐり抜け、部屋のどこかに隠れている彼女を発見し、タッチできたら成功。ぶざまに転んだり、家具を倒したりするようなことがあれば失敗。失敗条件のほうは厳密に決めていなかったが、少なくとも、さっきのは間違いなく失敗である。

これで、五度目の失敗になる。まだ一度も成功していない。反響音を聞くことによる、新たなる認知体系——探り探り練習しているのだが、なかなかうまくいかない。

「難しいもんだな……」と幽鬼《ユウキ》はぼやく。

「続けますか？」

玉藻《タマモ》が聞いてくる。「もう一回頼むよ」と幽鬼《ユウキ》は答えた。

それからもしばらく練習を続けたが、さっぱりうまくいかなかった。何度目かもわからぬトライで一度だけ成功したが、それはまったくの偶然というか、反響定位の感覚をつかんだ上でのものではなかった。その成功で逆に心が折れてしまい、今日はもう、やめにすることにした。

「悪いね、長いこと付き合わせて……」家具を片付けながら、幽鬼《ユウキ》は言う。

「いえ、大丈夫です」

と玉藻《タマモ》は答えてから、

「……続けるおつもりなのですね」と付け足した。

練習を――ではなく、プレイヤーを、という意味だろう。「うん」と幽鬼《ユウキ》は答えた。

「死ぬまでやる、と決めてる」

現在の負傷箇所。左手の指と、右目の視力。プレイヤーを続けていけば、さらに増えていくことだろう。いずれは師匠のように、全身くまなく手を加えることになるのかもしれない。ありとあらゆる方策を尽くして、命の最後の一欠片《ひとかけら》までも使い果たして、九十九回かあるいは死か。そのどちらかの結末が、幽鬼《ユウキ》の望みだった。

「玉藻《タマモ》はどう？」と幽鬼《ユウキ》は質問を返した。

そして、そういえば、プレイヤーになったわけすらも聞いてないことを思い出した。弟子にしてもう二ヶ月半、初対面のときから数えれば四ヶ月近くにもなる玉藻《タマモ》との関係だったが、あまり他人の身の上に興味がないこともあって、聞きそびれていた。

「そういえば、なんでプレイヤーになったの？」と幽鬼《ユウキ》は質問を修正する。

「え……」

玉藻《タマモ》はとまどいの顔をして、しばらく固まった。あらかじめ用意している答えがないことを、それは意味していた。

「……自分が嫌いだから、でしょうか……」

たっぷりと時間を使って、玉藻《タマモ》から返ってきた答えはそのようなものだった。

いい答え方だな、と幽鬼《ユウキ》は思った。

この釈然としない感じが、すごくプレイヤーらしい。命懸けの世界——相当な動機がなければ飛び込むことのなさそうなゲームの世界だが、意外にもはっきりとした理由を言えない人が多い。詳しい事情を聞かずとも、この感じを出してくれただけで幽鬼《ユウキ》は満足だった。やはり、彼女もプレイヤーなのだ——。

「……あの、ところで一個いいかな」幽鬼《ユウキ》は聞いた。「ずっと気になってることがあるんだけど」

「はい？」

「その格好、なに？」

玉藻《タマモ》と会うのは、これが一週間ぶりだった。その姿はいつもと違っている。髪を下ろしていたし、服装もジャージだ。まるで幽鬼《ユウキ》を思わせるずぼらな風体である。

「最近はこうしているんです」玉藻《タマモ》は答えた。

「自分で言うのもなんですが、目立つ容姿ですから。不用意に存在感を出さないように……。幽鬼《ユウキ》さんの格好を参考にさせていただきました」

「……なるほど」

納得の理由だった。確かに、あれほどの美人さんとなれば、普通に生活しているだけでもただでは済むまい。近所のナンパ師が変な気を起こすかもしれないし、近隣の男子小学生たちが早めの精通をしてしまうかもしれない。普段はその顔を隠しておくのが、世のため人のためだろう。

（33／48）


十七戦目に出場する〈チーム8〉のプレイヤーは、三堂《ミドウ》に決まった。

彼女が決闘場へ行くのを見送り、残る〈チーム8〉の面々はモニターを見た。まもなくして、中継されている映像のひとつに三堂《ミドウ》は姿を見せた。ほかの決闘場でも、剣士の格好をしたプレイヤーが続々と現れる。

「……え？」

と声をあげたのは、髪の長い娘だった。

「どうしたんです？」

尸狼《シロウ》は聞いた。髪の長い娘は、黙ってモニターを指差した。

その指し示す先には――決闘場の映像のひとつには――幽鬼《ユウキ》の姿が映っていた。

「おや」と尸狼《シロウ》は言って、「もう回復したんですかね……？」

「いや。……両目を閉じてる。見えないままで戦うつもりだ」

チームメイトの反応は多種多様だった。ただ困惑顔をするだけの者もあれば、「そんなばかな」と声に出す者もあった。

しかし、「できるよ、あの人なら」と髪の長い娘は言う。

「きっと、こなしてのけるはずだ」

〈あの人〉という言葉の選び方が気にかかった。尸狼《シロウ》は聞いてみる。「もしかして、幽鬼《ユウキ》さんとお知り合いなんですか？」

「右目の弱点を知っていたのは、だからなので？」

九戦目――幽鬼《ユウキ》を擁する〈チーム5〉との決闘に際し、尸狼《シロウ》は髪の長い娘からアドバイスを受けていた。彼女は右目の視力が弱い。だから右側に回りながら戦うといい――。

「一時期、関係を持ったことがある」

髪の長い娘は、微妙な答え方をした。

幽鬼《ユウキ》の復活。それは〈チーム8〉にとってバッドニュースである。十七戦目を終えた最終戦――十八戦目において、〈チーム5〉と当たる段取りであるからだ。クリアの可否を決定づける最後の最後の試合にて、いちばん強力なプレイヤーとやらされる。このゲームにおいて、およそ想像できる最悪の事態だ。

「……もしあの人が、十七戦目を勝つようなことがあったら……」

髪の長い娘は、モニターを睨《にら》みつけながら、言った。

「最終戦は、私が出る」

そして、その髪に手をかけた。

ものの一分もしないうちに髪を団子にくくった。絶世の美人さんが、ご尊顔をあらわにした。

尸狼《シロウ》には、その姿が前よりもいっそう美しく見えた。顔の作り自体はさっきと同じだったが、表情——腹をくくったその顔つきが、さらなる美を与えていたのだ。

「あの」

尸狼《シロウ》は思わず聞いた。

「なんというのですか？　あなたのお名前は……」

「…………」

チームメイトの名前も覚えてなかったのかよ、と言いたげな一瞥をくれてから、髪の長い娘は答えた。

「玉藻《タマモ》」

（34／48）

「——はじめ」

王様から決闘開始のお告げがあっても、幽鬼《ユウキ》は前に出なかった。

そもそも、これまでの決闘で攻撃的な戦法をとっていたのは、右目の失明がばれないようにするためだ。両目を閉じ、決闘場に突っ立っている姿を対戦相手に見せつけている現状、見えていないことはとうにばれている。ならば、アグレッシブになる必要も、短期決戦にこだわる必要もない。

だから、幽鬼《ユウキ》は十七戦目、待ちの戦法を選んだ。

相手の接近を待ちながら、かち、かち、と音を鳴らした。

幽鬼《ユウキ》の口内から出ているものだ。舌を鳴らすことによる、クリック音である。反響音を聞くためには、なにはともあれ音を出さねば始まらない。反響定位に関する幽鬼《ユウキ》の師匠——鈴々《リンリン》は鈴の音を利用していたわけだが、一般的にはこうすることが多いらしく、幽鬼《ユウキ》もその方式に則《のっと》っていた。十分な時間を投じて練習していたので——受信のほうはともかく——送信のほう、音を出すほうに関しては、自然にやれるようになっていた。

幽鬼《ユウキ》は、静かに耳を澄ませる。

音は返ってきている、のだと思う。でも、よくわからない。幽鬼《ユウキ》に見えるのは、まぶたの裏と、それがもたらす暗闇だけだ。返ってきた音を、意味のある情報に変換できない。

鈴々《リンリン》のレクチャーを受けてもなお、幽鬼《ユウキ》の反響定位は及第点にすら至らなかった。おそらく、危機感が足りてないのだろうと思う。左目の視力はまだ健在なのだから、反響定位を身につける差し迫った必要性はない。日本にいながら外国語を学習するのが難しいみたいに、見えながらにして習得するのは難しいということなのだろう。

だとすれば、今この状況でなら、あるいは――。

そう考える幽鬼《ユウキ》の意識に、足音が割り込んできた。

対戦相手――〈チーム10〉のプレイヤーが、接近してきたのだ。両目を閉じたまま現れた幽鬼《ユウキ》に驚いたものの、気を取り直した、というところだろう。対応して幽鬼《ユウキ》は構えた。剣を抜き、前方に掲げるところまでは、視力を使わずとも行えた。

相手の足音に耳を澄ませる。こちらから距離を詰める勇気はなかった。相手が近づいてくるのを、ただ待った。一方でクリック音は維持していたものの、やはり、周囲の状況はよくわからない。今回は無理か――と幽鬼《ユウキ》は思う。練習でこなせなかったことを、本番ならこなせると考えるのが土台間違っている。今回はひとまず、相手の発する音を聞いて、それを頼りに戦うしかないのか――。

そう思ったところで、足音が横に動いた。

そうくるだろうな、と幽鬼《ユウキ》は予想していた。いくら相手が見えないからって、真正面から攻めてやることはない。斜めから、横から、後ろから、対処しにくい方角から攻撃したくて当然だ。足音にしたがって幽鬼《ユウキ》は体の方向を変えた。相手はさらに横に動き、幽鬼《ユウキ》も再度横に回った。そのようにしてしばらくの旋回を続けたところで、

相手の存在感が、ひときわ大きくなった。

「……！」

幽鬼《ユウキ》は、剣を前に出した。

瞬時の判断だった。やぶれかぶれの行動と言ってもいい。

だが、その一瞬後、確かな手ごたえを感じるとともに金属音を聞いた。当たった、と幽《ユウ》鬼《キ》は確信する。剣を合わせることができた。相手の剣を弾《はじ》くことに成功した。

その喜びも束《つか》の間《ま》、今度は自分の剣が弾かれたのを感じた。

慌てて幽鬼《ユウキ》は――相手の剣の動きなどわかるはずもなかったので――やみくもに剣を振り回しながら、後ろ向きに足を運んだ。相手はそれを追いかけてきたようで、互いの剣のぶつかる音が絶えず響いた。決闘場を囲むカメラ、それにより各所に中継されている映像

には、さぞかしみっともない自分の姿が映っているのだろうと幽鬼《ユウキ》は想像するのだが、けれども格好のよさについてはさておき、刺されることもなく、殺されることもなく、最低限、決闘らしい決闘をお見せすることに成功した。

　決闘の演技を幽鬼《ユウキ》は続ける。その最中、幽鬼《ユウキ》の脳は急速に熱を増していった。危機感、不安、恐怖、混乱、もろもろのネガティブな感覚を原因とする温度上昇だった。殺人ゲームの世界に生きていながら、久しく忘れていた感覚――臨死の感覚だ。まずいと思っている。本当に死ぬかもしれないと思っている。それに押し潰されないよう、幽鬼《ユウキ》はクリック音をますます早く強くした。これでは、だめだ。守っているだけでは勝てない。〈チーム10〉――現在のスコアは〈7勝9敗〉。降参はきっと望めない。相手を刺し殺す以外に未来へ続く道のりは存在しない。だからだめだ。やらなきゃだめだ。なんとしてでも、反撃の糸口をつかまなければだめだ！

　全神経を、すべての力を、手持ちのチップをずずいと前に出すような気持ちで、幽鬼《ユウキ》は両耳に注ぎ込んだ。

　――すると。

（35／48）

――幽鬼《ユウキ》の弟子になって四ヶ月近くのころ、こんな会話をした。

「これからは、自分だけの力で試行錯誤して、どうか長生きしてね」

玉藻《タマモ》は、幽鬼《ユウキ》にそう告げられた。

師弟関係の解消を意味するその言葉に、玉藻《タマモ》は、答えることができなかった。黙って突っ立っていた。心は深い混乱にあり、治《おさま》る気配はなかった。

「さよなら」

心の整理を玉藻《タマモ》がつけられないでいるうちに、幽鬼《ユウキ》は言い、立ち去った。告げるべきことは告げた、あとはもう言葉がなくてもわかるはずだ、とでもいうかのように。

幽鬼《ユウキ》が消えたあとも、玉藻《タマモ》は引き続き、一人立ち尽くす。やがて、胃をつかまれたような痛みとともに、ひとつの思いが脳内で発火した。

――見透かされていた。私の卑しい根性を。


（36／48）

十七戦目が、すべて終了した。

〈チーム8〉の出場者——三堂《ミドウ》は、敗北した。降参ではなく、命を失うことによる決着だった。最終戦の相手が幽鬼《ユウキ》だとわかったゆえ、死に物狂いで勝ちを取りに行ってくれたのだが、惜しくも叶《かな》わず。〈チーム8〉のスコアは、生還の危うい八勝のままだった。

が、そんなのどうでもいいと感じてしまうほどに、玉藻《タマモ》は逸《はや》り立っていた。

〈チーム5〉——幽鬼《ユウキ》が、勝利を収めていたからだ。最初こそ動作がぎこちなかったが、あるときを境に、スイッチが入ったかのように様子が変わった。あれは完全に見えている人間の——いや、単に目で見ている以上の人間の動きだった。反響定位の能力を、とうとう身につけたらしい。

とんでもない人だ、と思う。

しかし——勝たなければいけないのだ。

（37／48）

クリック音を鳴らしつつ、幽鬼《ユウキ》は決闘場をあとにした。

プレイヤールームにつながる廊下を歩いた。九戦目のときは壁に手をつきながらの帰還だったが、今回、幽鬼《ユウキ》はそうしなかった。そうせずとも、事足りていたからだ。

わかる。

今の幽鬼《ユウキ》には、申し分なく見えている。

不思議な感覚だった。たとえるなら、通っていた小学校の景色を思い出そうとするときのような——かばんの中を手探りしているときのような——テレビを見ながら机のコーラに手を伸ばすときのような、そういった日常生活でも体験しうる〈直接見てない〉視界が、周り全体にうっすらと広がっているような感じだ。

目で見るほど正確ではなかったものの——それでも元々片目で戦っていた幽鬼《ユウキ》である、このぐらいでも見えさえすれば勝つのはわけないことだった。両目を閉じている幽鬼《ユウキ》に油断していたのだろう相手の隙をついて、反撃した。〈そこまで〉という王様の決着宣言を聞くまでもなく、その一撃が相手の急所を突いたことが幽鬼《ユウキ》にはわかった。

新たなる視野を手に入れた高揚を抑えながら、幽鬼《ユウキ》はプレイヤールームに戻った。

チームメイトからねぎらいの言葉を受けるとともに、現在の状況について説明を受けた。十勝のチームと九勝のチームがすでにクリア確定であり、それらのチームは十八戦目、確実に降参してくれる。が、肝心の対戦相手である〈チーム8〉はまだ八勝であり、自力で勝ちをつかまなければならない。最終的なゲームオーバーのラインは、八勝以下である。

いろいろ言われたが、要するに最後も勝たないといけないらしい。厳密には、降参ではなく死亡による敗北――タイブレークに有利になる一敗であればクリアの可能性は残らしいが、そんなことは決闘に出る幽鬼《ユウキ》自身には関係がない。幽鬼《ユウキ》が生き残るには、勝って終わるしかないのだ。

休息も束《つか》の間《ま》、幽鬼《ユウキ》は決闘場にとんぼ返りした。

（38／48）

玉藻《タマモ》は、決闘場に向かった。

最後の一戦。決して落とせない一戦。その出場者が玉藻《タマモ》になるということを、チームメイトはみな承諾してくれた。ほかに自信のあるプレイヤーはいないようだったし、これまでの決闘で負った怪我《けが》が玉藻《タマモ》にはほとんどなかったし、それに、事前の決闘で、勝ち星をあげてもいたからだ。

出られてよかった、と玉藻《タマモ》は思う。幽鬼《ユウキ》に対する個人的思い入れのため――だけではない。幽鬼《ユウキ》に勝てるのは、チームの中で自分だけだと思っていたからだ。蘇《よみがえ》りを果たしたあの人に、並みのプレイヤーでは太刀打ちできまい。尸狼《シロウ》が万全だったとしても無理。玉藻《タマモ》だって、実力的には足元にも及ばない。だが、玉藻《タマモ》は幽鬼《ユウキ》の弟子だった過去を持つ。その思考、技術をご教授賜っているし、何十回と稽古もつけてもらった。いわば、手の内を知っている状態なのだ。

だから、やれるはずだ。

ほかの誰でもない〈私〉を、あの人に見せつけてやる。


（39／48）


自分が、嫌いだった。

いつから嫌いだったのかはわからない。昔はそうでもなかった気がする。小学生のとき、ピアノの先生にさんざんいじめられたのが効いているのかもしれないし、中学生のときの人間関係でへまをしたのが後を引いているのかもしれない。覚えちゃいないし、振り返りたくもない。とにかく、気づいたときには、玉藻《タマモ》はすでにそうだった。別段嫌なことがあるわけでもないのに、ただ生きているだけで、自分のありさまにとめどなく嫌気が差し、苦しい。ひどく救えない性質だった。

玉藻《タマモ》が育つにつれ、それは単なる精神の問題以上のものになっていった。世の中とは不思議なもので、自分を愛するものはいい待遇へ、そうでないものはそうでない環境へ導かれるようになっている。自分でもわけのわからぬうちに、自らすすんで破滅に向かっているかのように、玉藻《タマモ》はプレイヤーの世界にいた。生者と死者の行き交う夜――〈ハロウィンナイト〉。そのゲームにおいても彼女の転落は続いた。結託したプレイヤーの一団――その中には在りし日の尸狼《シロウ》もいた――に追い詰められ、いよいよ死の谷に転げ落ちようかとあいなったそのとき、

思いがけない運命の采配に、遭遇することになった。

幽霊のようなプレイヤー、幽鬼《ユウキ》。

自分を窮地から救ってくれた彼女に、玉藻《タマモ》は、惚れた。この人だと直感した。弟子にしてくれ、と思わず口走っていた。そういう文化がこの世界にあることは、エージェントから耳にしていた。もちろん、そんないきなりの申し出は断られてしまったのだが、玉藻《タマモ》は粘った。最後のチャンスだ、と感じていた。この機会を逃したら、もう二度と、私の人生に革命の機会はやってこない――。

最終的には逃げられてしまったものの、でも、承諾の言葉を引き出すことに成功した。たぶん本当に弟子にするつもりはなかったのだろうが、玉藻《タマモ》はなんとか幽鬼《ユウキ》を探し出し、その約束を履行してもらった。

直感した通り、幽鬼《ユウキ》との師弟生活は幸せなものだった。なにかひとつ教えてもらうたび、

自分自身がひとつ削られるのを感じた。憧れる人物の思想が、振る舞いが、技法が、玉藻《タマモ》の存在を上から塗りつぶしてくれた。嫌いな自分が削減され、世界に存在している苦痛がその分だけ和らいでくれた。すべて玉藻《タマモ》の期待した通りだった。このままいけば、自分は完全に、この世から消えてなくなることができる——。

そうした卑しい根性は、しかし、師匠に見抜かれていたようだ。

前触れなく、二人の関係に終わりを告げられた。

あのあと自分がどうしていたのか、玉藻《タマモ》はよく覚えていない。呆然《ぼうぜん》としたまま、ふらふらとその場を去ったのか。それとも泣き崩れたか。もしやすると、未成年の分際で酒でも飲んだのかもしれない。そうとさえ思えるほど、ごっそりと記憶が欠落していた。

ただ、苦しかったことだけは強く覚えていた。寒空の下に放り出された気分だった。凍えながら、玉藻《タマモ》は数日かけて心の再構成をした。幽鬼《ユウキ》が最後にかけてくれた言葉が、その足掛かりだった。

——自分だけのスタイルを見つけなければいけない、と思っている。

——玉藻《タマモ》にも、そうしてほしいと思う。

それからの二ヶ月は、まるで闇夜を彷徨《さまよ》うような暮らしだった。ゲームに参加しつつ、プレイヤーの経験を重ねつつ、玉藻《タマモ》は誰でもない、自分としての時間を生きた。

そして、今。

玉藻《タマモ》は再び、幽鬼《ユウキ》にお目通りの機会を得た。

再び、その根性を裁かれる時だった。


（40／48）


玉藻《タマモ》が決闘場に着くと、幽鬼《ユウキ》はもう、そこにいた。

両目を閉じて、たたずんでいた。仙人のように静かで、達人のように底がのぞけず、幽霊のように得体が知れず、母親のようにただそこにいる。そんな雰囲気だった。荘厳な気配すら、少し感じられた。

モニターの映像からその姿をずっと見ていたわけだが、実際に会うと全然違う。こんな人とよくもまあ共同生活を送れていたものだな、と玉藻《タマモ》は思う。間違いない。彼女は、幽《ユウ》鬼《キ》だ。我が師匠だったプレイヤーだ。

幽鬼《ユウキ》は、クリック音を鳴らしていなかった。反響音を聞いていない。だが、玉藻《タマモ》の放つ足音から存在を察知したらしく、気配をけわしくするとともに剣を抜いた。

その様子にひとつの企《たくら》みを思いながら、玉藻《タマモ》も剣を抜いた。

空間が凍りついた。互いに動かず、黙って向かい合う時間がいくらか過ぎたのち、

――はじめ、

と、モニターに映った王様が、今までのように開始を告げた。

九戦目までは積極的な戦法、十七戦目においては待ちの戦法を選んでいた幽鬼《ユウキ》。しかし、この十八戦目において、彼女はどちらでもない初動を選んだ。じりじりと、慎重に足を進めてきたのだ。玉藻《タマモ》も同じようにして、幽鬼《ユウキ》との距離を詰めた。

玉藻《タマモ》は息の根を小さくしながら、幽鬼《ユウキ》はクリック音を放ちながら近づき、そして、適度なところでお互い剣を前に出し、まるでキスでもするかのように、剣先近くのところをそっと合わせた。

ざりざり、ざりざりざりと、剣同士の擦《こす》れる音がする。

お互い、相手の様子をうかがう。左に、右に足を運ぶが、決して前には出ない。かろうじて剣の触れる間合いを保持する。

最後の決闘は、そのような消極的展開で始まった。

最後だからこそ――ということもあったが、これが玉藻《タマモ》のスタイルだった。たくさんのゲームをこなすうちに、粘り強さが自分の武器なのだということを、玉藻《タマモ》は身にしみて感じるようになっていた。相手の攻めを受けて、受けて、乱れを見つけたところで満を辞し

てやり返す。幽鬼《ユウキ》や尸狼《シロウ》のような華やかさはないが、勝てる戦法だ。今日に至るまで玉藻《タマモ》を生き延びさせてくれたこのやり方に、今回もお世話になることにした。

相手が見えていなくとも、幽鬼《ユウキ》であろうとも、その姿勢を崩したりはしない。

（41／48）

――慎重な相手だな。

対戦相手のアクションを受けて、幽鬼《ユウキ》はそういう感想を抱いた。

慎重だ。なかなか攻めてこない。試しに幽鬼《ユウキ》が前に出てみると、相手はその分だけ後退した。攻め合える間合いを拒否しているということだ。最後の決闘だから、慎重になっているのだろうか。それとも幽鬼《ユウキ》の十七戦目の振る舞いを見て、しばらくは観察に時間を使おうと判断したのか。

いずれにせよ、あまり嬉《うれ》しくなかった。長引かせるのは避けたい。反響定位のスキルを身につけたとはいえ、しょせんは覚えたての力だ。あちこち抜け穴はあるだろうし、観察されればされるほど、その穴を相手に発見されることになるだろう。元来、アグレッシブに動くのが好みだというのもあり、こちらから先制攻撃を仕掛けることに幽鬼《ユウキ》は決めた。

大きく、前に踏み出した。

踏み出しながら、剣を突き出した。

それに反応して相手が下がったので、一撃目は届かなかった。幽鬼《ユウキ》はもう一歩踏み出しつつ、二撃目。剣が届く間合いではあったのだが、かわされた。さらに距離を縮めつつ幽《ユウ》鬼《キ》は三撃目。途中で剣先をいなされたので外した。いっそう幽鬼《ユウキ》は歩を進めて四度目の正直――といきたかったのだが、矢継ぎ早の攻撃のためうまく体重を乗せることができず、相手の服を軽く突いただけの結果に終わった。

相手の気配が、遠のいていくのを感じた。

幽鬼《ユウキ》の連続攻撃は、受け切られてしまった。

防御がうまいな、と幽鬼《ユウキ》は思う。これまでの十八戦で戦ってきたプレイヤーの中で、ぴかいちだ。しかも――至近距離で攻め手を途切れさせた幽鬼《ユウキ》に、反撃のひとつもしてこない。本当に堅い相手だ。たとえ幽鬼《ユウキ》の視力が万全だったとしても、この相手を崩すのは簡単ではなさそうである。

どうしたものだろう、と考えた。

クリック音と、足音と、ふたつが決闘場に響く時間が数十秒。

ある程度のリスクを取らざるを得ないか――と幽鬼《ユウキ》は判断した。

そして、剣を下ろした。

目を閉じ、剣を下げ、およそ決闘をする人間のそれとは思えない状態で、幽鬼《ユウキ》は対戦相手に向かって歩いた。

端的に言えば、攻撃を誘う作戦だった。ガードを解いた状態で近づき、先に剣を突き出してもらう。それを回避するか、あるいは後遺症の残らない部位に当ててもらうかして——交錯させるようにカウンターを叩《たた》き込む。言ってしまえば、それだけの考えだ。

おなじみ〈防腐処理〉の恩恵により、プレイヤーの怪我《けが》の多くはゲームが終われば完治する。致命傷となる部位さえ避ければ、刺されても問題はない。肉を切らせて骨を断つ、だ。あるいは尸狼《シロウ》のときみたく、相手の剣をつかむという形での防御も考えられる。視力のない状態では難しかろうが、やるだけやってみても悪くないだろう。

——先に打たせてやる。来いよ。

（42／48）

幽鬼《ユウキ》の接近を見て、玉藻《タマモ》は目を細めた。

狙いはわかる。あえてガードを下げることで攻撃を誘い、カウンターをとる魂胆だろう。

玉藻《タマモ》が攻めてこないから、こういう手に出たわけだ。

幽鬼《ユウキ》なら、あの状態でも剣戟《けんげき》に対応可能だ。殺気を読む能力がずば抜けているからである。玉藻《タマモ》の動作を一瞬早く察知して、身をかわすか、もしくは九戦目のように剣をつかんでくるかもしれない。

玉藻《タマモ》は——差し当たりの対応として、後ろに歩いた。

幽鬼《ユウキ》と一定の距離をキープしつつ、差し当たりではない対応について思いを巡らせた。

——相手にしない、というのが第一の選択だ。相手が腹を見せたからって、こちらから攻めねばならぬルールはない。このまま後退を続けて、幽鬼《ユウキ》との間合いを保つ。決闘場の大きさには限りがあるので、微妙なカーブを加えながら後退する必要はあるだろうが——せいぜいその程度の注意で、幽鬼《ユウキ》の挑戦を拒否することはできる。それもひとつの手だ。

正直、もう少し様子をうかがっておきたい気持ちはある。反響定位による幽鬼《ユウキ》の視野がどれほどのものなのか見定めてから——攻撃を選ぶのはそれからにしたい。が、あまりもたついていると、幽鬼《ユウキ》に気づかれてしまう可能性も——。

「…………」

いいだろう、と玉藻《タマモ》は思った。

お望み通り、今度はこちらから攻めてやる。

だが、完全にあの人の目論見通りにはしない。ここがカードの切りどころだ——そう思いつつ、玉藻《タマモ》は足を止めた。

幽鬼《ユウキ》は止めなかった。なれば当然、二人の距離は消《き》え失《う》せていくことになる。舌で口内を湿らせながら玉藻《タマモ》は時を待った。こちらの攻撃が届き、なおかつ近すぎではない、ちょうどいいポイント。そこに幽鬼《ユウキ》が足を踏み下ろし、足音が鳴り終わり、クリック音も鳴り終わったそのタイミングで、

万に一つの聞き逃しもないよう、声を張って玉藻《タマモ》は言った。

「ご無沙汰でございます、幽鬼さん」

（43／48）

次の瞬間。

幽鬼《ユウキ》は、唖然《あぜん》とした顔で、両目を開いた。

傷つけて久しい右目と、傷つけたばかりの左目が、玉藻《タマモ》のほうを向いた。

だが、両方とも、玉藻《タマモ》の姿を映すことはない。そう——見えていないのだ。対戦相手が

玉藻だということに、幽鬼は気づいていない。姿を見ていないのだから当然だ。こうして声でも出さない限り、わかりっこない。

もちろん、対戦相手が元弟子だったところで容赦する人でないのは知っている。だからこそ玉藻《タマモ》は、このときまで取っておいたのだ。容赦しないからといって、反応すらしないことはあるまい。驚きすらしないことはなかろう。一瞬の隙も晒《さら》さないというわけにはいかないだろう。

玉藻《タマモ》にとっては、値千金となる空白の時間。

そのうちに、幽鬼《ユウキ》の右胸部を突き刺し、抜いた。

（44／48）

「ぐっ……!?」

痛みのシグナルを受けながら、幽鬼《ユウキ》は、腕を伸ばした。

が、手ごたえはなかった。

当たらなかった——のではない。剣が、右手からすっぽ抜けた。右胸の痛みのせいで握力を失っていたのだ。その認識が遅れた。後悔に襲われたころには、すでに、剣が地面に届いた音が幽鬼《ユウキ》の耳に届いていた。

拾うべく、幽鬼《ユウキ》はとっさにかがんだ。

しかし、その頭を、蹴られた。

むろん、対戦相手に、である。幽鬼《ユウキ》はもんどり打って倒れた。剣を拾うどころか、むしろ逆に遠ざけられてしまった。まずい――と思いながら、幽鬼《ユウキ》はすばやく起き上がり、そしてクリック音を鳴らした。

反響音が、相手の姿を――玉藻《タマモ》の姿を捉えた。剣の届かない、多少遠い距離にいる。その手が両方ひとつずつ、二本の剣を持っているのも確認できた。剣を奪われてしまったのだ。

やっちまった。反応が遅れた。まさか玉藻《タマモ》と、こんな場面で再会するなんて――。判断が鈍った。かわしきれなかった。致命傷は幸いにも回避できたが、剣を失ってしまった。恥ずかしながら、完全に予想外だった。視覚を補うことばかりに気がいっていて、トラブルが起きるとしたらそっち方面とばかり思っていた。

混乱から覚めやらぬ幽鬼《ユウキ》の耳に、足音が届いた。

玉藻《タマモ》だ。幽鬼《ユウキ》は立ち上がり、逃げた。

逃げながら頭を回す。くそ――どうする？　視覚もなければ、武器もない。肉体だって万全ではない。決闘場はさほど広くない。逃げる場所も隠れる場所もどこにもないし、仮にできたところでどうにもならない。この決闘は、勝たなければいけないのだ。玉藻《タマモ》を殺すことしか、幽鬼《ユウキ》の生き残る手段はない。

やるしかないのだ。こんな状況とあっても。

幽鬼《ユウキ》は、振り向いた。

玉藻《タマモ》のほうを向いた。やるしかない。この状態で。どうにかして玉藻《タマモ》の剣を防ぎ、奪い、そして反撃するのだ。思い返せば、彼女は防御はうまくとも攻撃のほうは下手だった。慎重に振る舞っていたことからしても、それはいまだに彼女の課題なのだろう。やれるはずだ。いや。やらなければならない。

玉藻《タマモ》が迫る。彼女の攻撃が迫る。

その刹那、幽鬼《ユウキ》の脳にしまわれていた記憶が引き出された。

玉藻《タマモ》との懐かしき記憶。

剣を用い、何十回と模擬戦をしていた記憶。

その中の玉藻《タマモ》ならば繰り出してくるであろう刺突の軌道上に、

幽鬼《ユウキ》は、両手を、置いた。

（45／48）

攻撃の刹那。

玉藻《タマモ》の脳にしまわれていた記憶が、引き出された。

幽鬼《ユウキ》との懐かしき記憶。剣を用い、模擬戦をしていた記憶。何十回やっても一度も勝てなかった。どの角度からどう打ち込んでも、あの人は神様のように攻撃を見切り、そしてカウンターを入れてきた。

なんとなく動きが読めるのだ、とあの人は言っていた。

ならば、今回も、同じようにしてくるはずだ。

見えずとも、読まれている。このままじゃ防がれる——と、脳内物質のせいでゆっくりになった時間の中で玉藻《タマモ》は思った。動け、と命じるまでもなかった。突如、象がのしかかってきたかのような重みを背中に感じ、考えるまでもなく姿勢を低くすることができた。

玉藻《タマモ》の無意識が——プレイヤーとして特別に調整された無意識が、そうさせたのだ。同じように玉藻《タマモ》は、あたかも剣に引っ張られているかのごとく自然に、それでいて勢いよく、一瞬前よりも低めの位置を狙うようになった両手の剣を突き出した。

そして。

一合の結果が、まもなくして玉藻《タマモ》と幽鬼《ユウキ》に告げられた。

左手の剣。

そちらは、幽鬼《ユウキ》に防がれた。剣を受け止めようとした彼女の手のひらを貫き、先端部は左肩を穿《うが》ってはいたものの、致命傷には程遠かった。

右手の剣。

そちらは、幽鬼《ユウキ》を貫いていた。彼女の右手が剣をつかんではいたが――右手の握力が落ちているためだろう――勢いを殺すには至っておらず、彼女の腹部を刺し、向こう側にまで到達していた。

幽鬼《ユウキ》が両脚をふらつかせたのを、玉藻《タマモ》は見た。

しかし、勝った、とは思えなかった。

彼女が――その乱れた前髪の下で――唇を歪《ゆが》ませていたからだ。

(46/48)

――ああ、やっちまった、と幽鬼《ユウキ》は思った。

無傷で乗り切ろうなんて甘いことは考えてなかったけど、でも、やっちまった。ここまでざくざく刺されては、きっと完治はしないだろう。師匠や永世《エッセイ》のように、体の中にまで手を加えることになるのかもしれない。当面の問題としてダメージも深刻だ。左も右も、ろくに拳を握れないし、腹にも力が入らない。絵に描いたような満身創痍《まんしんそうい》である。

だがしかし――その命は、保っている。

幽鬼《ユウキ》は、ほくそ笑んだ。

自分の体に侵入している、二本の剣を引いた。

それにより、玉藻《タマモ》を近くに引き寄せた。同時に頭を後ろに倒し、戻し、痛烈なヘッドバットを喰らわせた。玉藻《タマモ》のひるんだ気配が伝わってきた。それに乗じてもう一発入れた。三発目を入れたのと同時に玉藻《タマモ》は両手の力を緩め、剣を手放してくれたので、二本ともはるか後方に放ってやった。次いで幽鬼《ユウキ》はタックルを見舞い、玉藻《タマモ》を地面に押し倒した。

その段階で、玉藻《タマモ》から反撃を受けた。

右頬に衝撃が走った。おそらくは、手の甲でビンタを受けたのだ。されど幽鬼《ユウキ》はひるまず、右手を使って――拳を握ることはできなかったので――手首の骨をぶつけるという形で、玉藻《タマモ》を殴った。

その後の展開は、決闘の映像を見ている全員が予想するであろう通りのものだった。殴り、殴られ、殴り、殴られた。華麗さのかけらもない、剣士にあるまじき種類の勝負だ。拳骨の応酬の中、文字通りの手ごたえを幽鬼《ユウキ》は感じていた。ついに来た。ここまで漕《こ》ぎつけた。こうなればもう、どちらに転ぶかわからない。マウントポジションをとっているのだから有利だとさえいえる。それこそ我が勝利を誇示するかのごとく、幽鬼《ユウキ》は右手を高く振り上げるが――

しかし。

その手が、唐突に重くなるのを感じた。

不調か、と思った。

無理もない。全身刺されまくっているのだ。右腕に繋《つな》がる神経のどこかに、異常が出てしまったのか――。

いや、違う、と思い直した。握力は発揮できないものの、神経は通っている。ただ、重いと感じているのだ。

物理的な理由ではなく、精神的な理由によって。

そうだ。考えてみれば当たり前のことだ。自分は今、誰と戦っているのか？　まさか忘れたわけもあるまい。玉藻《タマモ》だ。かつて弟子だった人物だ。それを無闇矢鱈《やたら》に殴って、殺そうとして、思うところがないほうが変ではないか。

情が、移っている。

殺したくないと、思っているらしい。

死んでほしくないと、思ってしまっているらしい。

（47／48）

二ヶ月前のことを、幽鬼《ユウキ》は思い出す。

玉藻《タマモ》とのお別れ。自分のことに集中しなければいけないからとか――玉藻《タマモ》のためにならないからだとか、そんな言い訳をしたことをよく覚えている。玉藻《タマモ》を納得させることにはたぶん成功したし、自分自身をも表面的には騙《だま》すことができた。だが、心の底では、ちゃんとわかっていた。自分がなにを恐れていたのか。真の第一義がどこにあったのか。

玉藻《タマモ》に死なれるのが怖かったのだ。

自分の、目の届く範囲内で。

いつか白士《ハクシ》師匠に話した通り――責任を感じていた。どこかのゲームで玉藻《タマモ》が死ねば、その責任の一端は指導者の幽鬼《ユウキ》にあるということになる。その状況が嫌だった。死んでほしくない。もし死ぬなら、その前にどこかへ消えてほしい。幽鬼《ユウキ》の目の届かないところで逝ってもらいたい。なるべく幽鬼《ユウキ》の精神衛生を悪くしない形でいなくなってほしい――。言葉にはしないまでも、そういう思いがあったことを否定できない。

　あのときの師匠の言葉が、脳内にこだまする。

　――他人と真剣に関わってみろ。お前にはいい経験になるだろう。

　言いつけを守れなかった――ということになるのだろう。真剣になりきれなかった。最後まで面倒を見切れなかった。途中で嫌になって、誘惑に負けて、厄介払いをした。しかも、聞こえのいい言い訳を塗りたくった上で。

　その卑しい根性が、こんな運命を呼び込んだのかもしれない、と幽鬼《ユウキ》は思った。

　玉藻《タマモ》に腹を蹴られた痛みで、現実に引き戻された。

　いけない、と幽鬼《ユウキ》は思った。この心境では勝つものも勝てない。玉藻《タマモ》の攻撃を防ぎながら、幽鬼《ユウキ》は心を冷やした。目の前の決闘に集中しようとした。

　だが、冷やしたはずの心が、またすぐに熱を持ち始めた。ちくしょうめ、と脳内で毒づく。なんだよ、急に真面目ぶりやがって。やるとなればやる。それがお前って人間じゃなかったのか？　いつものルールはどうした？　力を与えてくれるんじゃなかったのか？

プレイヤーであることさえ見失ったら、お前って人間になんの価値がある？　なあ。わかるだろ。——わかってんならさっさとしろ！

自分がふたつに引き裂かれていくような気分を、幽鬼《ユウキ》は味わった。

誰にでも経験があるだろう、やりたくもないことを強いられたときの、あの気持ちだ。

このときの幽鬼《ユウキ》のそれはかつてないほど強力だった。脳細胞ひとつひとつにゼラチンを注射したかのように、思考は停止した。まともにものを考えられなくなった。半狂乱、とさえ言えたかもしれない。

けれども、この場面においては、それが役に立った。

中身の詰まった鈍器でしかなくなった頭で、幽鬼《ユウキ》は今一度、玉藻《タマモ》に頭突きをした。手が出るままに任せて、無茶苦茶《むちゃくちゃ》に殴った。もはやクリック音は鳴らしていない。気配と手ごたえだけを頼りにした。それで十分だった。全身のあちこちに故障があったので、綺麗《きれい》な殴り方はできなかった。たぶん、傍《はた》から見れば、喧嘩《けんか》中のチンパンジーとか、駄々をこねる赤ん坊みたいになっていたのではないかと思う。みっともないとは思わなかった。そのようなややこしいことを考えていられる理性はなかった。

玉藻《タマモ》からの反撃はなかった。最初の頭突きか、それに続く攻撃のいずれかが、いいところに入ったのだろう。だから、幽鬼《ユウキ》が受けるパンチを繰り出す際の衝撃が全身の怪我《けが》に伝わることによって起こるものだけだった。敵を殴っているのか、自分を殴っているのか、幽鬼《ユウキ》はしだいにわからなくなっていった。そのふたつに同一性を感じた。主語のない言葉が多少機能を回復した頭の中で駆け巡った。死ね。いなくなれ。世界一くだらない人間。二度と他人と関わろうなんて思うな。死ね。死んじまえ！

罵倒の言葉を唱え飽きたころ、玉藻《タマモ》の気配を感じなくなった。

その肉体にまたがったまま、幽鬼《ユウキ》は、ぜいぜいと息をした。

前を見た。視界はない。だが、玉藻《タマモ》がまだそこにいることが幽鬼《ユウキ》には確かにわかった。まだ、魂がある。死んでない。気絶しているだけだ。できればごめん被りたい仕事が控えていることを意味していた。

決心をするのに、十秒はかけなかったと思う。

立ち上がって、辺りを探した。荒い呼吸のせいで乾いた舌を鳴らして、反響音を聞いた。それを頼りに剣を見つけ出し、拾い、戻った。気を失っている玉藻《タマモ》の胸の上に剣を突き立て、

そして、深く刺した。

深く刺した。

深く刺した。

深く刺した。

そのあとのことは、よく覚えていない。

（48／48）

3.カム・フル・サークル

（0／3）

車の中で幽鬼《ユウキ》は目を覚ました。

（1／3）

すぐに、車の中だとわかった。

シートの感触や走行音、車の揺れなどを感じたこともあるし、左目ひとつの視界で、前から後ろにすばやく流れていく夜景、それを区切るフロントガラス、運転席に座るエージエントの姿を捉えたこともあった。明らかに、車内だった。

まどろんでいる幽鬼《ユウキ》の頭が、状況を理解していく。自分は六十二回目のゲームに参加し、そして、クリアした。たぶんそういうことなのだろう。ゲームの最中にやられた左目は、どうやら治っている。同様にやられた胸や腹に手を当ててみるが、痛みはない。中身がどうなっているかは果たしてわからなかったが、少なくとも、傷口は塞がっている。

幽鬼《ユウキ》の起床を受けて、エージェントが目を向けてきた。

「おはようございます、幽鬼《ユウキ》さん」と言ってきた。

「おはようございます」ぼんやりとした発音で幽鬼《ユウキ》は答えた。

このあと、〈ゲームクリアおめでとうございます〉と続くのがいつもの流れだったが、エージェントは恒例を破った。横目で、幽鬼《ユウキ》の様子をじっとうかがってきた。その目つきにただならぬものを感じたのと、まだちょっと幽鬼《ユウキ》の頭がぼけていたこともあったので、〈脇見運転はよくないですよ〉と軽口を叩《たた》くことはしなかった。ただ時が過ぎるままに任せた。

「六十二回目のゲームクリア……。おめでとうございます」

最終的に、エージェントはそう言った。

「ありがとうございます」

溜《た》めるでもなく横目で見るでもなく、幽鬼《ユウキ》は普通に答えた。

エージェントは、そうした幽鬼《ユウキ》をさらに観察して、続ける。

「……私は。幽鬼《ユウキ》さんが生き残ってくださったことを、嬉《うれ》しく思っております」

なんだか重めの言い方だった。「はあ」と幽鬼《ユウキ》は相槌《あいづち》を打ってから、

「どうかしたんですか？　やけに大袈裟《おおげさ》な感じですけど」

なにか特別なことがあっただろうか、と幽鬼《ユウキ》は思う。六十二回というクリア回数は、大きな数字でこそあれ大台でもなんでもない。普通の数字だ。それとも、今回は久しぶりに

かなりのピンチを経験したから、それを踏まえての言葉なのだろうか。

幽鬼《ユウキ》の疑問に、答えはなかった。「……いえ、なんでもありません」と言い、エージェントは視線を前に戻した。会話は終わった。車は進み、幽鬼《ユウキ》のアパートの近くまでやってきて、大通りから路地裏に入る最後の信号で、赤に引っかかった。

「ここで大丈夫です。降ろしてください」と幽鬼《ユウキ》は言う。

「よろしいのですか？」

「はい。ちょっと、夜風に当たりたい気分なので」

「……承知しました」

エージェントから、今回のゲームの衣装――西洋剣士風の上下をもらった。あちこちに縫合の跡があって、それを見ると、幽鬼《ユウキ》の同じ部位がずきりとした。もう治っているはずなのに、なぜか、痛んだ。

幽鬼《ユウキ》は車を降り、夜道を歩いた。片目しか見えていないため遠近感はなかったが、しかし、慣れたものであり、石につまづいて転びもせず電柱にぶつかりもせず、差し障りなく幽鬼《ユウキ》は歩くことができた。

アパートへの帰路の最中、なぜあんなことを言ったのだろう、と幽鬼《ユウキ》は思った。言葉通り、夜風に当たりたい気分だったのだろうか？　だとすれば、どうしてそんな気分になったのだろう？　考えども確かな答えは出ない。頭が、ぼうっとしていた。単に寝起きだからというだけの理由ではなさそうだった。脳の機能が一部凍結されているような感覚がある。これは一体なんなのだろう？

もやもやとした気持ちのまま、幽鬼《ユウキ》はアパートにたどり着いた。

しかし、そこで、足を止めた。

アパートの前に、立ち塞がっている人物がいたからだった。

（2／3）

それは。

高校生ぐらいの娘だった。身長はやや高く、体格は痩せ気味。少なくとも五年は着古しているに違いないよれよれのジャージを着ている。伸ばしっぱなしの髪の毛に、日光とは無縁の生活を思わせる色白の肌。幽霊のような生気のない顔。前髪にヘアピンがひとつくっついていることを除き、まるで飾りっ気のない野暮《やぼ》な出立《いでた》ち。

浮世離れした雰囲気を彼女は持っていた。冷え込んだ夜においても存在を感じられるほど、寒気を含んだオーラを常時放っている。ぴんと張り詰めて隙がない。一瞬でも目を離せばたちまち急所を刺されてしまいそうであり、かといって目を離さなければ、それはそれで襲いかかってきそうな剣呑《けんのん》な気配もある。通常の世界で生きているとは、とても思えぬ人物だった。例えば——そう、殺人ゲームの賞金で、飯を食っていそうな。

鏡を見ているのか、と思った。

でも、違った。その人物の風貌が、目の色まで含めて幽鬼《ユウキ》と瓜二《うりふた》つだったからだ。右目が白く、左目はそうではない。左右反転した鏡像ではありえない。

だがしかし、物理的実体のある人間にも見えなかった。というのも彼女は、右に行くほどはっきりとしていて、左に行くほどゆらめいて見えたからだ。左目しかない幽鬼《ユウキ》の視野とは真逆の傾向である。不確かな方角において確かになり、確かなはずの方角において不確かになる。そうした存在を意味する言葉を幽鬼《ユウキ》は知っていた。

幻影だ。

「——おかえり」

と、その娘は言った。

「……誰だ、お前は」

幽鬼《ユウキ》は聞いた。その娘はせせら笑いを浮かべて、答える。

「見たらわかるだろ。私さ」

幻影の、自分。

それに、どう対応していいのか幽鬼《ユウキ》はわかりかねた。なんだこれは。なんで私は、こんなものを見ている？

「まあ、とりあえず、部屋に戻ろうぜ」

幻影の私は、親指でアパートを指し示す。

「話をしよう。これからの私の在り方について」

（3／3）

あとがき

こんにちは、鵜飼《うかい》です。

本巻をお手に取っていただき、まことにありがとうございます。離島にて行われる模擬ゲームの話〈ティーチャーズメランコリー〉、および剣士の決闘のゲーム〈ロワイヤルパレス〉でございました。以上ふたつの話において、幽鬼《ユウキ》はあるときには他人に大嘘《おおうそ》をつかれ、あるときには他人に嘘をつき、またあるときには自分の心すらも欺きます。その報いとして幽鬼《ユウキ》は自分自身の脳を騙《だま》し、もう一人の自分を幻視してしまうことになります。あらゆる嘘の中でも、自分に対してつく嘘がいちばん恐ろしい……ということなのかもしれません。そんな『死亡遊戯』五巻、お楽しみいただけましたなら、幸いでございます。

キャラクターが増えては減るを繰り返す物語にお付き合いくださっている編集Ｏ氏とねこめたる先生、ならびに関係者のみなさま、読者のみなさまには、尽くせる限りのお礼を申し上げます。『このラノ』新作一位という栄誉をいただくことができたのも、みなさまのおかげです。重ね重ね、ありがとうと申し述べさせていただきます。

それでは……。『死亡遊戯』六巻で、またお会いできることを切に願います。

一回目のゲーム〈メイデンレース〉のことを私は思い出す。
殺人アスレチックをこなして進んでいく脱出型。
今より幼くて単純だった私は、すいすいと
それを乗り越えてゲームクリアしたものだ。
今みたいにややこしい感情を抱くことなど、なかった。
――私の前に現れたもう一人の私。
それは、常人離れした
私の感覚能力が構築した幻影だった。
幻影は私に罵りの言葉を吐き、
襲ってくる。
幻影ゆえにその攻撃を防ぐことはできず、
反撃はすり抜けてしまう。
彼女を同じ土俵に立たせるため、
私は鈴々に模擬ゲーム――
〈スノウルーム〉の開催を依頼する……。
The phantom girl in games of death.
あるときはアスレチック場で。
またあるときは白い部屋で。
私は、死亡遊戯で飯を食う。
死亡遊戯で飯を食う。
第6巻 2024年春発売予定。
※2023年12月時点の情報です。

MF文庫J

死亡遊戯で飯を食う。5

2023年12月25日　初版発行
2024年8月10日　4版発行

著者　鵜飼有志

発行者　山下直久

発行　株式会社 KADOKAWA
〒102-8177 東京都千代田区富士見2-13-3
0570-002-301（ナビダイヤル）

印刷　株式会社 広済堂ネクスト

製本　株式会社 広済堂ネクスト

Printed in Japan　ISBN 978-4-04-683149-1 C0193

●お問い合わせ
https://www.kadokawa.co.jp/（「お問い合わせ」へお進みください）
※内容によっては、お答えできない場合があります。
※サポートは日本国内のみとさせていただきます。
※Japanese text only

◇◇◇

【ファンレター、作品のご感想をお待ちしています】
〒102-0071 東京都千代田区富士見2-13-12
株式会社KADOKAWA　MF文庫J編集部気付「鵜飼有志先生」係「ねこめたる先生」係